T0102482

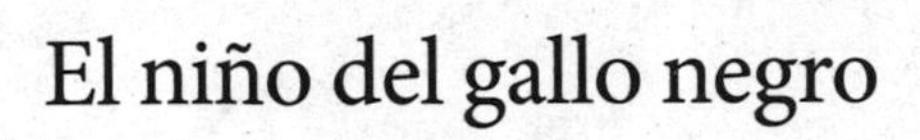
El niño del gallo negro

Stefanie vor Schulte
El niño del gallo negro

Traducción del alemán por

Lidia Tirado

Título original: *Junge mit schwarzem Hahn*

Stefanie vor Schulte

Traducido del alemán: Lidia Tirado
Cotejo y corrección de estilo: Carlos Belmonte

Diseño de portada: Planeta Arte & Diseño / Christophe Prehu
Fotografías de portada: © Mohamad Itani / Trevillion Images / iStock
Fotografía de la autora: Gene Glover /© Diogenes Verlag

Bajo el sello editorial SEIX BARRAL M.R.
Avenida Presidente Masarik núm. 111,
Piso 2, Polanco V Sección, Miguel Hidalgo
C.P. 11560, Ciudad de México
www.planetadelibros.com.mx

Primera edición en formato epub: junio de 2023
ISBN: 978-607-39-0171-0

Primera edición impresa en México: junio de 2023
ISBN: 978-607-39-0145-1

Impreso en los talleres de Litográfica Ingramex, S.A. de C.V.
Centeno núm. 162-1, colonia Granjas Esmeralda, Ciudad de México
Impreso y hecho en México – *Printed and made in Mexico*

1

En el momento en que el pintor llega para elaborar el retablo de la iglesia, Martin sabe que se irá con él al final del invierno. Se irá con él y no dará vuelta atrás.

La gente del pueblo ha hablado sobre el pintor por mucho tiempo. Ahora está ahí y quiere entrar a la iglesia, pero la llave está desaparecida. Los tres hombres más habladores del pueblo —Henning, Seidel y Sattler— buscan la llave y se arrastran por los escaramujos delante del portón de la iglesia. El viento les abomba las camisas y los pantalones. Los cabellos vuelan de un lado a otro. Entretanto, los tres hombres sacuden una y otra vez el portón por turnos. Tal vez el otro lo sacudió mal. Y cada vez quedan desconcertados de que siga tan cerrado como antes.

El pintor está a un costado con sus deslucidas posesiones, mira y sonríe con desfachatez. Se lo habían imaginado diferente, pero en esta región los pintores no caen del cielo. Mucho menos ahora con la guerra.

Martin está sentado sobre el brocal, ni siquiera a diez pasos de la puerta de la iglesia. Tiene once años. Es muy alto y delgado. Vive al día, con lo que va ganando. Mas los domingos, como no gana nada, se queda en ayunas. Y aun así sigue creciendo. ¿Cuándo será que le quede bien alguna prenda de vestir? Los pantalones siempre están demasiado grandes y, al siguiente instante, demasiado chicos.

Sus ojos son muy hermosos. Se nota de inmediato. Son oscuros y pacientes. Todo en él parece tranquilo y prudente. Y eso hace que sea incómodo para la gente del pueblo. No les gusta que alguien esté tan lleno de vida o que sea demasiado apacible. Pueden entender lo burdo. Lo pícaro, también. Pero no aceptan la mesura en el rostro de un chico de once años.

Y después, por supuesto, está el gallo. El chico siempre lo trae consigo. Posado sobre el hombro o sobre el regazo. Escondido debajo de la camisa. Cuando el bicho está dormido, parece un hombre viejo y todos en el pueblo dicen que podría tratarse del diablo.

La llave sigue desaparecida, pero el pintor, de todas maneras, ya está ahí. Por lo tanto, hay que mostrarle al hombre la iglesia ahora. Henning habla dando rodeos hasta que de pronto sospecha de Franzi. «Ésa tiene la llave». Nadie sabe cómo llegó a tal conclusión. Sin embargo, la llaman. Martin está atento. Le gusta Franzi.

En efecto, Franzi viene de inmediato. La iglesia no está lejos del mesón en donde trabaja. Tiene catorce años, se coloca el pañuelo alrededor de los hombros. El viento le sopla el cabello hacia los ojos. Es muy bonita y a los hombres les entran ganas de hacerle daño.

Resulta que Franzi simplemente no tiene nada que ver con la llave. Qué fastidio. Como ya se desperdició suficiente tiempo con la búsqueda, es necesaria otra solución.

Mientras tanto, el pintor se ha sentado en el brocal junto a Martin. El gallo revolotea del hombro del chico a los bártulos más pringosos del pintor y picotea a su alrededor.

Los tres hombres reflexionan si se pueden derribar a patadas las puertas de una iglesia. «¿Se puede utilizar la violencia para abrir la casa de Dios? ¿O romper una ventana? ¿Y cuál es mayor sacrilegio? ¿La puerta o la ventana?». Convienen en que la violencia no es buena, pues a Dios Nuestro Señor no se llega por medio de un puntapié, tan sólo por medio de la fe y la palabra.

—O por medio de la muerte —apunta Franzi.

«Qué atrevida», piensa Martin. Sólo por eso hay que protegerla toda la vida, para ver a qué cosas se atreve.

El pintor se ríe. Le gusta aquí. Le hace un guiño a Franzi. Pero ella no es de ésas y no se lo devuelve.

Habría que preguntarle a un pastor, pero sólo tienen al que les prestan del pueblo vecino. A su propio pastor lo enterraron el año pasado, desde entonces no ha salido uno nuevo. Tampoco está muy claro de dónde deberían sacar uno, pues hasta ese momento siempre había habido uno allí, y quién sabe cómo empezó todo, si primero estuvo el pueblo o el pastor con la iglesia. Así que desde entonces toman prestado al pastor vecino. Pero como ya no es el más joven y necesita su tiempo para atravesar el tramo entre ambos pueblos, da la misa de los domingos después del mediodía.

En cualquier caso, tienen que preguntarle al pastor prestado cómo se consigue entrar a la casa de Dios. Mas ahora ¿quién debería ir a preguntar? En el cielo se acumulan nubes amarillas y hay que ir por el campo en donde no hay refugio. Aquí arriba caen los rayos en compases de un segundo. ¡Prum! ¡Prum! ¡Prum! Y podría continuar así toda la noche. Henning, Seidel y Sattler son demasiado importantes para el pueblo como para arriesgarse a morir.

—Yo puedo ir —propone Martin. Él no tiene miedo.

—Por lo menos no sería una gran pérdida —murmura Seidel. Los demás vacilan. Saben que Martin es lo suficientemente listo. Puede hacer llegar la pregunta. Seguro también logrará recordar la respuesta. Discuten entre sí y cuchichean. Al final dicen:

—Bueno, pues, ándale.

—¿Y por qué no va alguno de ustedes, con este clima de perros? —pregunta el pintor.

—Ése lleva al diablo consigo —responde Henning—. No le va a pasar nada.

2

Situada al último, la pequeña choza se halla arriba de la ladera, allá donde los pastizales congelados lindan con el bosque. Se tiene que pasar por la choza para llevar el ganado al bosque. A veces el niño está sentado en el umbral, saluda de manera amistosa y se ofrece a ayudar. En ocasiones el gallo se posa sobre la manivela de la piedra de afilar, que con los años se ha hundido en la tierra y que ahora está cubierta por completo de líquenes y adherida con firmeza al hielo. El padre afiló ahí el hacha con la que acabó con todos..., todos excepto el niño.

Quizá allí fue el comienzo.

Bertram sube la ladera porque la familia no ha ido al pueblo durante días. Como buenos deudores deberían dejarse ver para dar oportunidad de desquitarse con ellos.

Así que Bertram tiene que subir para recordarles sus obligaciones sociales.

—Pero todos muertos —cuenta. Y se alegra de que, de ahora en adelante y por la eternidad, todo mundo lo escuchará absorto y él siempre tendrá algo que contar.

Entra en la choza e inmediatamente lo ataca un demonio negro. El gallo. Cara y manos arañadas. Huyendo de rodillas, Bertram trata de protegerse y es el momento en que ve la sangre.

—Sangre por todas partes. Hedor y cadáveres. Les juro que era un infierno —dice.

—¿Cómo?

—Les digo que llevaban días ahí tirados. Ya tenían gusanos. Un desastre. ¡Puf!

Escupe hacia el piso y, como el nieto lo admira, también escupe justo al lado. El hombre le acaricia la mejilla.

—Eres un buen niño.

Y se dirige a los demás:

—Ese maldito gallo de mierda. El mismísimo diablo. No vuelvo a subir.

—Pero ¿el chico…? —pregunta alguien.

—Sí, sobrevivió. En medio de esa matanza. Probablemente quedó loco en aquel momento. Con toda esa sangre, esas heridas abiertas como un abismo, ¿entienden? Uno se podía asomar al cuerpo. Era algo repugnante. Sin duda el niño está loco desde entonces.

No obstante, el niño no está loco ni tampoco se ha muerto. Tal vez tenía unos tres años; por lo visto es tan testarudo que siguió vivo. Nadie se ocupa de él. Sí, se deshicieron de los cadáveres; pero no se atrevieron a acercarse al niño. Quizá le tenían miedo al gallo. O de plano les dio un poco de flojera.

Por ello apenas se puede comprender y aún es más difícil soportar que el chico sea sano, inteligente y —reconozcámoslo— de carácter amable. Alguno que otro desearía que el niño no hubiera sobrevivido a tal desgracia y así entonces nadie tendría que especular ni sentir vergüenza.

El chico se contenta con poco. Se le puede confiar el ganado durante todo el día y se da por satisfecho con una cebolla en recompensa. De hecho, es bastante útil para el pueblo. Si tan sólo no fuera tan horrible verlo con el gallo en la espalda. No es un hijo del amor. Está hecho de hambre y frío. Se sabe muy bien que en las noches mete al gallo debajo de la cobija. Y en las mañanas el niño despierta al gallo porque se queda dormido a la salida del sol, y entonces se ríe y la gente abajo en el pueblo escucha la risa y se persigna porque el niño se divierte con el diablo y comparte con él su lecho. Pero, a pesar de todo, pasan por la choza con el ganado. Y tienen una cebolla a la mano por si acaso.

3

En campo abierto el aliso arde y se desintegra en negra ceniza. El siguiente rayo está destinado a Martin. Un dolor agudo se dispara por su espalda y explota en su cabeza. Todo se detiene por un instante y Martin se pregunta si tal vez ha llegado el momento de su muerte. Pero de inmediato, ¿u horas después?, no puede decirlo, se despierta de nuevo. La tormenta ha pasado. Aún ve en el cielo las nubes que ahora toman rumbo hacia otro lugar, pues con éste ya han acabado por hoy.

Martin intenta levantarse. Necesita llorar un poco porque aún está vivo y eso le hace sentir alivio, aunque piensa que quizá hubiese sido mejor dejarla ir. La vida. El gallo resiste a su lado.

Más tarde llega al pueblo vecino. Encuentra la casa del pastor. No hay una sola parte de su cuerpo que no esté mojada. Sus dientes castañetean.

—Está tan flaco —dice la esposa del pastor—. Si le quitamos la ropa no quedará nada de él.

Lo envuelve en una cobija polvorienta y lo sienta delante de la estufa de cerámica en donde ya hay otros niños sentados. Son los propios hijos del pastor. A decir verdad, alguna vez hubo más, varios ya han muerto. Hay sémola de avena cocida. La mujer prepara los cuencos con la sémola y los coloca en la estufa. Los niños se empujan el uno al otro y apresurados escupen en el cuenquito en el que piensan que hay más para que nadie, salvo ellos mismos, quiera comérselo.

Martin es observado con asombro. Castañetea con los dientes e intenta sonreír. Nunca había conocido a niños así de alegres. En casa los pequeños siempre tienen miedo. Caminan agachados y rehúyen a los adultos, que les reparten bofetadas. Y como Martin conoce también el dolor agudo de la correa de cuero cuando estalla en la espalda desnuda, ha pensado con frecuencia que está mejor sin una familia. Sin embargo, una familia como la del pastor le parece bonita.

Los niños no dejan nada de la sémola, pero aún hay caldo, del que la esposa del pastor le sirve un tazón. El caldo está desabrido, tiene olor extraño, mas lo calienta.

El animal disfruta del fuego. Se ha escondido en un rincón y picotea a los niños que se le acercan.

Ahora Martin puede detallar la razón de su visita. Describe la situación en el pueblo, repite las reflexiones de Heninng, Seidel y Sattler.

—¡Qué idiotas! —dice la mujer del pastor.

El pastor parpadea.

—¿Y qué piensas tú al respecto, hijo mío? —le pregunta a Martin.

Martin no está acostumbrado a que le pregunten su opinión. Entonces primero tiene que escuchar dentro de sí y ver si encuentra pensamientos propios con relación a la pregunta.

—Si Dios es como todos dicen, entonces le da lo mismo si buscamos la llave o si tiramos la puerta a patadas.

—Ésa es una buena respuesta —asegura el pastor.

—Si ahora regreso y les doy esa respuesta, Henning no se dará por satisfecho.

—En cambio, Dios estará satisfecho.

—Y ¿qué sabe él de mí? No hay nadie que rece por mí.

—Dios está en todas partes y Él es infinito. Él escondió en nosotros algo de su infinidad. Estupidez infinita, por ejemplo. Guerra infinita.

Martin no se siente infinito.

—Apenas podemos retener en nosotros su infinidad. Por eso ésta empuja hacia fuera sin cesar y, merced a ello, Dios puede reconocernos entonces; por las huellas que dejamos. ¿Entiendes?

—No —declara Martin.

—Bueno, este… —El pastor se rasca la cabeza y se mesa algunos cabellos—. Esto, por ejemplo —dice sosteniendo en alto los cabellos que quedaron en su mano—. Durante nuestra vida tenemos la cabeza llena de éstos y a cada momento salen más. Mira aquí —Se rasca el antebrazo con las uñas hasta que cae piel seca—. Piel —afirma convencido de que todo es parte de un plan—. Todo el tiempo perdemos piel. Y también tenemos que orinar. Y sangrar. Y nunca se acaba hasta que estamos muertos. Junto al Todopoderoso. Pero Él sigue nuestras huellas con antelación y encuentra a cada pecador, sin importar lo bien que se haya escondido.

El pastor se acerca mucho y, con dedos temblorosos, le quita a Martin una pestaña de la mejilla. Martin mira la pestaña pensando que se ve como cualquier otra y se lo dice de inmediato.

—La pestaña sabe que es tuya. Y entonces eso se lo cuenta a Dios.

4

Si bien el pastor le dijo palabras sabias al chico, no es una respuesta que pueda darles a Henning, Sattler y Seidel. No se darán por satisfechos y se desquitarán con Martin. Además, el niño tiene la certeza de haber pasado algo por alto. Mientras se esfuerza por llegar a casa a través de los pastizales empapados que detienen sus pies a cada paso y no los liberan sin antes hacer un ruido como de chupete, su mente está tan concentrada que su cuerpo no siente el frío. Cuando por fin llega al pueblo, sabe incluso en dónde está la llave y qué responderles a los tres.

Tal como pasó hace unos días, los tres tipos están frente a la iglesia mostrando una inquietud adecuada a la seriedad de la situación. Y aunque el niño fue valiente, se enfrentó a la tempestad y aceptó el largo viaje, los hombres se comportan como si Martin les debiera algo y como si, por el contrario, ellos no tuvieran que estarle, de hecho, agradecidos.

—Miren, ahí viene —dice Henning.

El pintor está sentado de nuevo en el brocal —o allí se quedó sentado todo este tiempo—, comiendo huevos cocidos que no se resbalan bien sin aguardiente. Qué bueno que Franzi le trajo un poco. Franzi, quien levanta los puños de felicidad en el delantal cuando ve al chico. Martin, a quien ama como algo que sólo ella entiende y que por eso únicamente le pertenece a ella.

Henning se ha plantado frente a Martin. Los otros dos se paran a su lado.

—¡Vaya! Si nos tienes en vilo —dice Seidel, y Sattler le pega tan de repente al niño en la cara que éste va a dar al suelo.

Henning reprende a Sattler.

—Si serás estúpido. Aún no le he preguntado nada.

Sattler se encoge de hombros disculpándose. Martin se pone de pie nuevamente. Ha decidido de manera definitiva no revelar que sabe en dónde está la llave y también callar que sólo hubo respuestas confusas de parte del pastor.

—¿Y bien? —pregunta Henning.

—Bueno —dice Martin, y se lame una gota de sangre de los labios—. Tienen que hacer una segunda puerta.

Los tres hombres lanzan miradas de un lado a otro. Los tranquiliza ver que ninguno de ellos lo entiende.

—En el portón —dice Martin—. En el portón de madera de la iglesia. Allí deben construir una segunda puerta y ésta debe ser modesta y agradable a Dios. Con esas palabras exactas lo dijo el pastor.

Todos miran el portón de la iglesia. Luego, a Martin. Sin decir nada. Luego, de nuevo hacia el portón.

—Una puerta modesta y agradable a Dios —repite Martin con firmeza y asiente al decirlo. El pintor está sentado en el brocal y escucha todo. «Qué tontos son los seres humanos», piensa. Qué feliz está de haber llegado aquí.

Los tres hombres deliberan sin que les sirva de nada; después de todo, lo dijo el pastor y los hombres deben resignarse. Sattler va entonces por la herramienta y pronto regresa con martillo y serrucho. Es bastante difícil marcar la puerta pequeña sobre la grande. En cualquier caso, también es necesaria la perforadora.

Martin se sienta en el brocal cerca del pintor. Éste le da un puñado de nueces. Martin se las come agradecido, aunque le dé comezón en las encías y desde la garganta hasta arriba en las orejas. Franzi trae una jarra con jugo. Entretanto se sientan juntos mientras los hombres se ponen a trabajar. No con mucha habilidad. Y Martin, Franzi y el pintor experimentan un momento exquisito de contemplación casi religiosa al no tener que hacer nada por una vez, y en cambio poder presenciar cómo otros hacen tremenda tontería.

La puerta —hay que decirlo— no es ninguna obra maestra de artesanía; después de todo Henning, Seidel y Sattler disponen sólo de un talento moderado. Su don consiste principalmente, a decir verdad, en intimidar a otros. Ése es un recurso que han probado hasta el cansancio. Así que después de haber serrado un rectángulo en el portón de madera y de haberlo dejado caer sin mucho cuidado dentro de la iglesia, se impiden el paso mutuamente, ya que saben por costumbre que deben cumplir al pie de la letra los designios del Señor, pues Él mismo es muy exacto. Cosa que, por cierto, no es verdad. Y eso también lo saben. Lo que en realidad pasa es que les pone los nervios de punta atravesar el rectángulo mal cortado y hacerse daño. Las orejas se les ponen calientes ante la sospecha de que el chico pueda haberse equivocado en el mensaje del pastor, y de que ellos se hubieran equivocado al trabajar de inmediato en vez de preguntar. Con algunas bofetadas más quizá el mensaje de Martin hubiera resultado ser otro. Por lo menos, más conveniente.

Ahora tienen que conseguir unas bisagras y una cerradura, mas no hay nada parecido en el pueblo; por ello desmontan la puerta de la casa de Hansen… No… Todo menos la de Hansen, ése nunca está cuando se le necesita, ah, ya, bueno, entonces desmontan la de la vieja Gerti. Ésta los insulta a grito pelado, pero acaba por entender cuando le aseguran que sus bisagras no podrían realizar un trabajo más digno que ser ahora parte de una puerta de iglesia. Y por supuesto esto también le beneficiaría a ella, a Gerti: tendrá permitido usar la pequeña puerta cuando quiera; además, no necesitará ninguna casita si la casa del Señor es su hogar.

Con cada minuto el pintor está más contento de estar aquí. No había vivido algo tan grandioso en todos los años de su peregrinaje. Y nunca se había encontrado con dos caras tan bellas y almas tan íntegras como las de Franzi y Martin.

Cuando más tarde el agujero en el portón de la iglesia se ha convertido por fin en una puerta y, después de mucho trabajo, también la llave y la cerradura quedan a la medida, Henning, Seidel y Sattler están tan orgullosos como niños pequeños. Si tan sólo tuvieran un cometido todos los días, la vida en el pueblo podría ser agradable.

Abren una y otra vez la puerta «de manera agradable a Dios», y por supuesto se pelean por quién de ellos puede entrar y salir primero; triunfa un breve asomo de bondad en Henning, quien muy decidido deja que Sattler sea el primero en entrar a la iglesia. Y eso nunca se los perdonará Seidel a ninguno de los dos. Puede que en el futuro esté sentado junto a ellos en armonía, mas en sus adentros lo corroerá la sed de venganza y urdirá planes para eliminarlos a los dos. Envenenamientos, accidentes —planeados, claro— o caídas de la montaña…, la rica imaginación de Seidel es ilimitada. De hecho, Seidel tiene tantas ideas que podría empezar una prometedora carrera como escritor de emocionantes historias de crímenes; pero por desgracia la fantasía de Seidel está adelantada a su época y él mismo no sabe escribir ni leer.

Por fin se le pide al pintor que entre en la iglesia.

—¿Quieres venir? —le pregunta al niño. Martin acaricia al gallo entre las plumas. Si éste pudiera ronronear, lo haría con gusto.

Martin no lo acompaña, ni debería hacerlo, pues la inspección de la iglesia está en manos de Henning. Y no hay que olvidar que el chico pertenece a los malditos del pueblo y no tiene nada que hacer en la casa de Dios.

Además, Martin se encuentra muy cansado, aunque también alegre de que ahora verá con más frecuencia al pintor. Martin sonríe cuando Hansen con su pelo enmarañado se acerca tambaleante a Henning y al pintor desde la oscuridad de la iglesia.

«Sí», piensa Martin, «fue una buena idea lo de la puerta. Y de alguna manera también fue legítima defensa».

5

Martin ya está listo cuando llega su madrina Godel. Lleva puesto lo que vestía en la noche. Toma al gallo y lo sienta en su hombro.

—¿Tiene que venir? —pregunta Godel.

—Él viene —confirma el chico.

—Tú llevas las papas al mercado.

—Así es.

—Te sería más fácil sin él.

Martin sonríe.

—Te va a salir una joroba —asegura Godel.

Siempre tienen esta conversación los días de mercado y no logra hacer que el chico cambie de opinión sobre llevar al animal.

Durante dos largas horas caminan Godel, su hija y el niño. Los árboles están congelados. El paisaje se ve como muerto.

Aunque Godel no intercambia ninguna palabra con él y también se lo prohíbe a la hija, Martin está de buen humor. Le gusta la hija.

Camina detrás de Godel a una distancia aproximada de diez pasos. Lleva al gallo y el saco con papas. Sus zapatos de madera golpean sobre el piso duro. Los tobillos sobresalen del pantalón. Las manos, de las mangas. Sale vaho de su respiración. El gallo se agarra de su hombro. Godel sostiene a su hija de la mano. A la derecha lleva una cabra y junto al pecho un bebé envuelto en una manta. La falda de Godel tiene un borde que se ensucia por rozar el suelo arcilloso. Y Martin escucha atentamente este ruido rasposo hasta que llena todo el espacio de su cabeza.

Es entonces cuando percibe una corriente de aire. Mas no es hasta que algo lo golpea en la cabeza que todo, de súbito, aparece: los cascos atronadores de un caballo, el resoplido, la capa del caballero que le pega en la mejilla. En sus sueños aún advierte aquella ráfaga. De ahora en adelante lo perseguirá este encuentro.

En un segundo el caballero galopa al lado de Martin, al siguiente está a la altura de Godel, baja la mano hacia la niña, la levanta como si no fuera nada y la mete a la fuerza debajo de su capa, pedazo de oscuridad en la lechosa helada. Ahora, en algún lugar de esa oscuridad, está la niña a la que no se le escapa ni un grito. Todo ocurre tan rápido. La mano de la madre aún cuelga en el aire y siente la calidez de la hija. Y ésta ya se ha ido. El caballero la arrancó como una manzana, y al siguiente instante está en la cresta de la colina haciendo que el caballo negro se yerga sobre dos patas.

Un grito brota del pecho de Godel, quien sale corriendo mientras el bebé se bambolea gimiendo en su pecho. Martin corre detrás, la alcanza, la rebasa y persigue al caballero.

El caballero. Desde siempre Martin ha oído la historia del caballero de la capa negra que se lleva niños. Siempre una niña y un niño. Y nunca más aparecen. Y ahora se encuentra al caballero y corre detrás de él.

El caballero mira hacia atrás y ve al chico alrededor de cuya cabeza revolotea un ave de corral como una sombra enloquecida. El caballero se estremece porque ya ha escuchado que el diablo suele tomar forma de gallo. Que vive aquí arriba. Se persigna y piensa, «le he arrebatado una niña al diablo, Dios Todopoderoso». Clava los talones en los costados del caballo. El caballo piafa con los cascos al aire. Al siguiente instante el caballero acelera bajando hacia el otro lado de la colina.

Martin jadea. El aire sabe a sangre. Se pone de rodillas. Sabe que la niña está perdida. Godel lo alcanza con la cara desbordada de lágrimas. Martin solloza cuando la ve llorar. Entonces el gallo, parado sobre su hombro, comienza a cantar de tal manera que a uno le parte el alma. Un agudo lamento en el mundo. Y sólo entonces se hace silencio en el camino.

6

El camino de regreso al pueblo es eterno, ya que Godel, en su dolor maternal, vacila entre darse por vencida y congelarse inevitablemente a la orilla del camino, o dominarse porque el crío en su pecho la necesita y también los otros tres niños que la esperan en casa. Martin sostiene a Godel y la ayuda tanto como puede. No obstante, ella se derrumba finalmente cuando avistan el pueblo, pues ahora vislumbra la rutina que le espera una vez que pase el primer gran luto y quede condenada al dolor eterno. ¡Cuánto le faltará entonces la niña! La rubia trenza sobre la almohada en las mañanas. La cara seria durante el quehacer en la cocina. Aún presentirá a la niña en el rabillo del ojo, como un etéreo huésped del más allá. Interrumpirá su trabajo diario y tendrá la esperanza de que el ángel quiera quedarse, y apenas se atreverá a respirar. Y aun así la figura desaparecerá, y cada vez el corazón de la madre se debilitará más y más, y el dolor la acompañará hasta su propio lecho de muerte junto con la atormentadora duda de lo que le ocurrió a la niña.

Finalmente, Godel se desmaya. El dolor se ha cavado ya en su rostro de tal manera que parece haber envejecido muchos años. Las lágrimas corren por su cara sin parar y la leche gotea de su vestido. Quiere quedarse allí, inconsciente. Y Martin ya no puede despertarla más, por lo que la arrima a un tronco con el bebé. Corre apresuradamente el resto del camino para obtener ayuda lo antes posible. El chico llega al pueblo y grita con el aire que aún le queda en los pulmones después de la urgencia.

Sin embargo, en el pueblo guardan muchas reservas contra Martin, de ahí que tarden una eternidad insoportable en comprender la gravedad de la situación, la historia con el caballero y la desgracia. Por fin, con chaquetas que vuelan al viento bajan apresurados la cuesta para ayudar a Godel. ¡Qué lamento estalla después de cargarla! Martin puede leer la última mirada que le dirige. Nunca más irá al mercado con ella. De ahora en adelante lo evitará; pues tal vez él sea verdaderamente el culpable. Tal vez el demonio negro sí haya atraído el mal.

Agotado, Martin se queda en el pozo y se toma mucho tiempo antes de emprender el camino a casa. A la choza a orillas del bosque cuya puerta tiraron a patadas. En donde no hay nada que robar más que una jarra, mantas y un montón de paja para dormir.

El gallo encuentra aún granos y migajas entre las tablas del suelo. ¿Cuándo fue la última vez que se horneó y cocinó aquí? Hace mucho tiempo. Martin prende fuego porque en esta época tiene que haber fuego, y no porque lo necesite. Sostiene las manos congeladas sobre la brasa, no porque lo desee, sino porque sabe que debe calentarlas.

También sabe que su mente trabaja mejor cuando ha cuidado más o menos de su cuerpo. Bebe un poco de agua y saca una manzana que encontró recientemente y que guardó como última reserva. La comparte con el gallo, a quien le tocan los gusanos.

Martin mastica con lentitud y mira fijamente el fuego. Acaricia al gallo y sigue despierto aun cuando las estrellas tienen ya mucho de haber salido. Un susurro proveniente del gallo y de su propio corazón se prende en su interior, y toma una decisión cuya gravedad nadie podrá quitarle. El caballero..., es de suma importancia encontrar al caballero. Irá en busca de los niños desaparecidos. Reviste su interior con esta certeza. Ahora sabe que su vida tiene un propósito.

Entonces se queda dormido sentado y no despierta hasta que en la madrugada un horrible repiqueteo junto con un estruendo interrumpe al mundo de su reposo nocturno. Desde los profundos lindes del bosque, andando por campo abierto sobre el duro suelo congelado, se acerca a trompicones una carreta jalada por un burro sobre cuyo pescante está sentado un niño rubio que golpea dos discos de hojalata haciéndolos restallar.

7

La primavera llega durante la noche, porque aquí arriba el clima hace lo que quiere; siempre anda rápido y casi nadie, ni siquiera el más viejo de los habitantes del pueblo, sabe con exactitud lo que viene después. Si bien permanece el presentimiento de que el clima podría mejorar, casi siempre vence la certeza de que empeorará. Los duros inviernos se precipitan en forma de tormentas. La nieve se mezcla con la lluvia. De riachuelos se forman ríos. Los prados se sumergen y todo se convierte en lodo.

Es como si los artistas ambulantes hubieran traído el clima consigo. Martin nunca ha visto artistas. En el patio que está frente a la iglesia, han levantado sobre tacos la carreta y amarrado al burro. Exhiben un cartel. La compañía se compone de un hombre, dos mujeres y un niño rubio. El hombre tiene heridas y vendajes, y probablemente sea sobreviviente de la guerra. Todos se ven agotados, como si hubieran cabalgado por entre desgracia y sangre y hubiesen tenido que darle una función a la muerte. Únicamente el niño es diferente. El niño parece sano y regordete.

Martin no entiende exactamente qué van a interpretar. Tal vez representen a María y a José, los Tres Santos Reyes o alguna escena de Pascua. Hace mucho que Martin no ha ido a misa y no tiene noción de las fiestas de guardar.

En la noche los del pueblo se reúnen delante del portón de la iglesia en donde el carro sirve como escenario. La lluvia corre sobre la cara de los actores y los espectadores. Primero se recitan textos prolijos; después sale el chico. Pequeño y grueso, con rizos rubios y malhumorado. Debajo de su nariz se infla una burbuja de moco. Pero todo eso queda atrás apenas empieza a cantar. Tan bella es su voz que se desliza por la espalda de Martin y lo hace sentirse mareado. El niño canta como si corriera sobre los rayos del sol en el cielo.

No obstante, cuando el niño no está cantando y no está en su pequeño escenario, es malo y patea a otros niños, a perros y a gatos. Fuma y bebe aguardiente tibio, a pesar de que probablemente sea más chico que Martin.

Tiene una energía maligna que le es del todo desconocida a Martin y por la que siente interés. Continuamente está tramando alguna jugarreta. Debe de ser por la comida, piensa Martin.

Tales ideas sólo pueden ocurrírsele a uno cuando se tiene demasiada fuerza en los huesos. ¿Y quién aquí tiene eso? Aquí todos están contentos de que el día termine. Nadie tiene tanta fuerza como el niño. Los pequeños no hacen travesuras.

Martin mira embelesado al niño. Está tan terriblemente lleno de vida.

Martin se pregunta si en algún otro lugar las personas también serán así y si algún día él sabrá en dónde está la vida, porque aquí en el pueblo, le parece, es todo muerte.

El pueblo es pequeño y Martin se topa con el niño por todas partes, como si lo esperara, como si tuvieran que encontrarse y con esto siguieran una ley antigua.

Junto al pozo el niño artista lanza moras venenosas al agua, le dispara al gallo con una resortera y le da en el cuello. El animal se cae del hombro de Martin y el niño se ríe.

Los caminos están tan lodosos que se pueden perder los zapatos ahí dentro, también el equilibrio y el valor de uno se hunde. En la mañana alguien ya no pudo sacar a su buey del lodo. El animal sigue metido hasta los huesos del hombro. De vez en cuando pasa alguno de los niños y le da algo de comer.

A Martin le llega el lodo hasta los tobillos, pues no pesa mucho. Desde hace días no tiene ni un harapo seco en el cuerpo. El gallo está enfermo y Martin lo lleva debajo de su camisa. Entonces ve al niño otra vez. Está sentado en cuclillas sobre un muro y mira disgustado el lodo. Ve a Martin y le ordena de inmediato:

—¡Tú! ¡Ven aquí!

Martin en realidad no quiere, pero se acerca.

—¡Cárgame! —exige el niño.
—¿Por qué? —pregunta Martin.
—No quiero mojarme lo pies —dice.

A Martin le parece sorprendente que uno tenga siquiera la opción de mojarse o no los pies. A Martin tampoco se le ocurre que tiene la posibilidad de negarse. Así que se voltea y le ofrece la espalda al chico para cargarlo. El muchacho le brinca a la nuca y se cuelga de él. Martin se tambalea, pues el niño es más pesado de lo que parece o Martin más débil de lo que suponía. Con un agarre de hierro el muchacho se sujeta con las uñas, a pesar de las quejas de Martin. ¿Acaso se echó al diablo a los hombros?. Todos creen que el gallo es el diablo sólo porque se parece. Y en cambio creen que el niño es un ángel sólo porque lo parece y canta como tal.

No es la primera vez que Martin se pregunta cómo es que la gente siempre sabe cómo se ven o escuchan los ángeles. Y una vez se lo preguntó al pintor.

—Muchacho —responde el pintor—. Por preguntas como ésas puedes terminar en la hoguera.

—Pero ¿si los ángeles son seres de luz, criaturas de Dios y sólo amor? —pregunta Martin con la confianza que nada más puede tenerle al pintor. Él es en realidad el único con el que puede hablar.

—Una imagen del amor. ¿Pues qué no tienes una imagen del amor?

Martin no entiende.

—¿Tienes madre? —pregunta el pintor. El chico no muestra ninguna reacción.

—¿Hermanos?

En realidad, Martin ha enterrado en lo profundo el recuerdo de sus hermanos para no tener que pensar también en el hacha que el padre clavó en los pequeños.

El pintor mastica un pedazo de pan mientras Martin busca un ángel en su interior.

—Franzi —susurra al final.

El pintor sonríe satisfecho y dibuja los rasgos graves de Martin con pocas pinceladas en un viejo pedazo de lienzo. El pintor llevará consigo este pedazo por mucho tiempo. Incluso cuando lleve tiempo sin caminar con Martin. Aun entonces mirará el pedazo y pensará que es su mejor dibujo, y que nunca más tuvo frente a él a un niño tan puro y tan inmaculado de la humanidad. Lo llevará en las bolsas de sus pantalones agujerados hasta que la peste lo fulmine y se desintegre junto con todo lo demás. También el pedazo de tela se desintegrará, unas cuantas larvas chuparán los hilos y se convertirán en un tipo de mariposa que nunca nadie ha visto antes y que nunca más existirá de nuevo. Y mientras que en la pinacoteca se colocará un día una pintura del pintor, una pintura que muestre al chico con su gallo negro, tan sólo a unos cuantos metros, en el museo histórico, se encontrará ensartada en una pared con mariposas, junto a otros congéneres igualmente muertos, una mariposa semejante que ha probado el arte, que fue alimentada de arte y que sabe del chico.

—Sí —dice el pintor, sin vislumbrar nada de esto, si no tendría que darse por vencido de inmediato—. Franzi es una belleza. Ahora todos tus ángeles se verán como Franzi.

La respuesta no es suficiente para Martin. Mas le parece bien que el pintor le dé a María los rasgos de Franzi en el retablo. Un mentón fuerte, nariz respingada y labios carnosos. Y aunque Martin nota que en realidad eso no está bien, el pintor se ríe y dice que este pueblo no se merece otra cosa que un retablo que los moleste hasta el final de los días.

—¿Por qué? —pregunta Martin.

—Por ti —afirma el pintor. Desde hace rato sus propios ángeles tienen los rasgos de Martin. Entonces, furioso, el pintor presiona los colores de la paleta y llena con rapidez los sitios oscuros del retablo con un par de demonios que cacarean, esbirros y fisgones satisfechos consigo mismos.

Martin piensa en esto mientras carga al niño artista en la espalda. Sus talones se le clavan en las costillas haciéndolas crujir. El gallo se retuerce bajo la camisa de Martin.

Martin está metido en el lodo casi hasta las rodillas. El niño es pesado como el plomo. Tira del cabello de Martin y se balancea sobre su espalda de un lado a otro. Mientras lo hace, grita, canta y escupe. Martin gime.

Hace tiempo que el camino ya no es un camino, sino sólo un barrizal. De pronto Martin se tropieza en un hoyo y se vuelca; del susto suelta al insensato niño y éste cae con un ¡plas! al lodo. El lodo se le mete a la boca y el niño lo traga. No queda huella de él.

Incrédulo, Martin está en cuclillas sobre el lodo y mira con los ojos clavados en el lugar en donde desapareció el niño. Podría simplemente irse y nadie preguntaría. Y si alguien preguntara, nadie le creería.

A pesar de ello, Martin empieza a hurgar en lo profundo de la tierra mojada y logra agarrar algo. «Debe de ser la cabeza del niño». Jala con fuerza, algo cede y la cabeza sale rápidamente en su dirección. «¡Dios mío!», se estremece Martin, «¡le arranqué la cabeza!» No es así, se da cuenta de que sostiene un cráneo en la mano. Una cabeza sin carne, cuencas llenas de lodo y unos dientes que sobresalen.

«A ti te conozco», piensa Martin. Parpadea, reflexiona y mete de nuevo las manos en el lodo en busca del mocoso. Esta vez logra cogerlo y lo jala hacia arriba; camina arrastrándolo de espaldas para acostarlo, le saca el barro de la boca y se lo exprime de las fosas nasales. Y sí, ahí está de nuevo, abrupto, el horrible lloriqueo del niño; aunque a Martin ya no le interesa el pequeño demonio. Lo deja sentado, toma el cráneo y camina de manera extrañamente alegre mientras el niño grita. Se siente como si sostuviera un pedazo de futuro en las manos. Aun cuando no sospecha por qué ni cómo.

8

Martin entra al mesón con el cráneo en la mano. Henning, Seidel y Sattler no se asustan al ver la calavera, pero el momento les parece incómodo. Así que de mala gana escuchan a Martin. Finalmente, Seidel echa agua sobre el cráneo y lo limpia por todos lados. Los dientes se ven como los colmillos de un jabalí. Seidel alumbra con su linterna las cuencas vacías de los ojos.

—¿Y a quién buscas allí adentro? —pregunta Henning—. ¿Acaso a tu vieja?

Aunque todos bien saben que la esposa huyó de Seidel. Se volvió loca con tanto trabajo y las palizas de la suegra. En cualquier caso, simplemente se marchó. En pleno día. Cruzó el campo desbocada con los brazos levantados. Y no dejó de correr. Nadie pudo alcanzarla. La vieron correr una eternidad hasta el horizonte.

A Seidel no le gusta escuchar alusiones a su matrimonio. Amenaza con retirar el aguardiente y pronto se acaban los chistes.

Los hombres se empiezan a inquietar. ¿Deberían enterrar el cráneo?, ¿y, en realidad, podrían hacerlo?

¿No va en contra del honor cristiano enterrar la cabeza sin cuerpo? ¿Qué sería más importante? ¿La cabeza o el cuerpo? Martin no puede entender por qué los hombres quieren poner excusas. En verdad le parece que sólo están diciendo tonterías, por lo que su mirada deambula hacia aquel lugar de la barra en el que Franzi siempre está parada y limpia vasos y tiene que escuchar durante todo el día los relatos de los viejos que apestan del cuello de sus camisas y de sus pantalones.

«Franzi, cuyo juicio es más claro que el agua de manantial en primavera», piensa Martin. Por desgracia, está condenada a amargarse en la compañía de los hombres viejos que hablan de su vida durante horas, sin que Franzi tenga la oportunidad de siquiera conocer su propia vida algún día. No tardará mucho tiempo en que toda la esperanza en ella se pudra y se cubra de cháchara tonta. Cuando los hombres saben que su fin se acerca, entonces languidecen y sólo les queda colgarse de la cumbrera para no agobiar a su familia. Y si no lo logran por falta de valor, yacerán en sus propios excrementos hasta el final. Atados a la cama porque es necesario ir al campo y al molino; además, seguramente desde niños los ataron en la cama alguna vez, cuando los padres habrían tenido que ir al campo o al molino.

Henning, Seidel y Sattler seguían hablando sobre si debían enterrar o no el cráneo, cuando ni siquiera se sabe a quién pertenece.

—Por supuesto que lo sabemos —dice Martin.

Los hombres fruncen el ceño. Todos sienten curiosidad por lo que el chico cree saber otra vez, ninguno quiere admitirlo.

—Los dientes —declara Martin—. ¿No son los dientes del viejo Uhle el Errabundo? «Seguro no se habrán ido a otro cráneo», piensa, pero desde hace tiempo ha notado que pronto le caen bofetadas cuando se hace el gracioso.

Los hombres están perplejos. El chico tiene razón. Esa dentadura es de Uhle el Errabundo. Unos colmillos que meten miedo. Siempre pasaba por el pueblo en su eterno peregrinaje. Nunca nadie le hizo nada. Tampoco nadie se atrevió, porque Uhle el Errabundo rompía siempre algo con sus dientes para hacerse respetar: una rama, una jarra..., justo algo así. Incluso los lobos lo evitaban.

Ahora todos miran de nuevo el cráneo como si pudiera responder, y también encuentran semejanzas con el Uhle vivo. El cráneo está reventado de un lado y uno supone que Uhle el Errabundo debió haberse caído. Ya todos han visto después de un choque con la cabeza cómo brota la sangre y otras cosas. Algunos no son los mismos después de un golpe así.

Como Hansen, quien después de caerse del henil habla no sólo de manera confusa, sino también muchísimo. Ya no puede recordar nada, pero de pronto domina el órgano. Como si con la caída hubieran salido disparados hacia fuera talentos y otros se le hubieran enterrado. Sin embargo, no obtiene ningún provecho de su habilidad para tocar el órgano, porque no puede ser organista. Su talento espontáneo podría ser obra del diablo. Esto quiere decir que hay que mantenerlo apartado de la iglesia. Cosa que no siempre es fácil. Con frecuencia Hansen se da de topes con la frente en la puerta de la iglesia, lleno de desesperación, hasta que la gente no resiste y lo deja acercarse al órgano, ante el cual, ensangrentado y babeante, en general alegre, toma asiento. Toca con tanto fervor que uno quisiera llorar, tan llenas de embeleso surgen las canciones del órgano chueco. Toca y toca, y ya no deja de hacerlo, de tal manera que después de la emoción y el entusiasmo inicial se instala una cierta irritabilidad entre la gente del pueblo.

En cambio, a Martin le gusta que toque el órgano, mientras los demás prefieren volver a escucharse hablar a sí mismos. Por eso, al segundo día que no cesa de tocar —cuando ya nadie soporta más—, alguien se compadece y le da un golpe a Hansen por detrás del órgano, y lo deja inconsciente. Lo que no le sienta bien a su ya deteriorado cráneo. Esto causa que Hansen se vuelva aún más impetuoso con el órgano y manifieste más aguante. Es un círculo endiablado que ya se sabía de antemano.

Martin mira el cráneo de Uhle el Errabundo y expone:

—Éste no se cayó.

Los hombres contemplan al niño.

—Debemos investigar —apunta Martin.

—¿Y qué quieres investigar, pues? Es claro que está muerto.

—De qué se murió —refuta Martin.

—Bueno, pues se cayó —repite Seidel.

Martin niega con la cabeza.

—Ahí hay un agujero. Aquí, de este lado —dice señalando el lugar. Del agujero salen líneas en forma de picos. Como cuando alguien pica un hoyo sobre una superficie congelada y el hielo de alrededor también quiere estallar.

—El golpe debió haber sido doloroso. Hay partes del hueso que ya no están.

—¿Y cómo lo sabes? —pregunta uno—. No hay diferencia entre si alguien lo golpeó o si Uhle se cayó.

A Martin le parece que sí la hay.

—Seguro que la hay.

Los hombres taladran a Martin con preguntas que prefiere no responder, pues no sabe la respuesta. ¿Cómo puede explicar que fuerzas distintas repercuten de manera distinta en un cráneo? Lo tiene que demostrar para que alguien le crea. Debe probarlo para que sea verdad.

Ése es el pensamiento que lo domina. Necesita dos cráneos que se parezcan lo más posible.

Sin despedirse se da la vuelta y se va.

9

El cielo está tan limpio y frío como una sábana. Martin camina hasta que el bosque se le mete debajo de los pies. No levanta la vista hasta que se sabe entre los pinos. Se le acaba de ocurrir en dónde puede encontrar los cráneos.

Aquí existe ese lugar. Todos han escuchado hablar de él, pero lo evitan. El pueblo ya ha perdido innumerables animales que, atraídos como por magia fuera del rebaño, toman rumbo al cementerio sin razón. Un desfiladero, con siete metros de profundidad aproximadamente. Se precipitan como si no tuvieran ninguna sensación de peligro o incluso como si lo buscaran. ¿Quién puede decir si estas ovejas, cabras o reses no murieron contentas? En cualquier caso, existen estos cuentos. Aunque Martin no conoce a nadie que haya estado ahí. Tampoco sabe exactamente en qué dirección debe dar sus pasos; sin embargo, se figura el camino correcto e incluso siente que el desfiladero está cerca.

Todos los sonidos se apagan en el bosque. Uno debe llevar los propios consigo.

El gallo está inquieto. Agitado debajo de la camisa, Martin lo saca y se lo pone en el hombro. No obstante, también allí el animal actúa nervioso.

—¿Qué tienes? —pregunta Martin. El plumaje del animal se hincha. Martin comprende.

—Tengo que hacerlo —y continúa caminando, se abre paso entre los arbustos, mantiene la vista baja y ve el manto de nieve atravesado por huellas de animales. Se trata de huellas que no van de un lado a otro, como le es familiar a Martin, sino como un hilo que va en una dirección. Así que el chico sigue ese camino.

Finalmente pisa la orilla del desfiladero. Al principio no se atreve a mirar, pero después lo hace alargando el cuello sobre el precipicio. La vista es menos espantosa de lo que esperaba. Nieve y hojarasca vieja y, en medio, huesos de animales.

Mientras Martin observa, el gallo se desprende de su hombro y se separa aleteando unos metros. Esto desequilibra a Martin un instante, que por poco se cae.

—¿Qué tienes? —Martin pregunta de nuevo.

El gallo da saltos de un lado a otro y pierde plumas que se quedan sobre la nieve. Probablemente tenga miedo. Martin estira el brazo hacia el animal, éste retrocede.

—Debo bajar —anuncia. El gallo se mantiene alejado.

—Está bien —dice Martin, y su corazón se estremece—. Debo ir por algo. Es importante.

Rápidamente busca el lugar menos empinado para bajar. Al final elige un declive junto a un árbol cuya raíz le resulta útil. Piensa que puede bajar agarrándose con las manos, pero el desfiladero no se lo permite. En el primer intento se resbala y se desliza sobre su trasero. Cada paso es un paso al vacío. El pánico lo atraviesa, pues no siente como si se cayera, sino como si algo lo jalara. Este desfiladero es de aquellos que están ansiosos por tragárselo. ¿Qué pasaría si el suelo se abriera y la tierra se lo comiese?

Sigue tropezando cuando todo se oscurece frente a sus ojos. Después de un nuevo tumbo y del arañazo de una rama en la mejilla, cae finalmente en tierra.

Martin escucha un sonido agudo en su oído. Tal vez se dio con la cabeza. Todo le duele por igual. Algo caliente corre por la mejilla. Es la sangre de la herida.

Lentamente mira alrededor. Huesos desperdigados. La mayoría pelados. Restos de pelaje. Carne descompuesta. Y, sobre todo, esqueletos, cráneos. Martin se reanima. Un sonido en su cabeza no deja de molestarlo y lo atraviesa zumbando. Todo le parece extraño aquí abajo. ¿O es por la caída?

Se pone de pie y se tropieza de nuevo. Los huesos debajo de sus pies traquetean, y él se pregunta si en realidad alguien alguna vez ha sentido esta tristeza que se extiende en su interior como un vapor venenoso. ¿El desfiladero lo quiere envenenar?

¿Podrá salir alguna vez de aquí? ¿Querrá salir alguna vez de aquí? Los animales le causan pena. Quisiera llorar su muerte. Quisiera enterrarlos.

Los animales no necesitan compasión, dicen los del pueblo. Sólo los niños miman a los gatos. Y de vez en cuando alguien mira los grandes ojos de una vaca y se pregunta para qué tienen tales ojos si no poseen un alma en su interior.

Los dedos de Martin se deslizan por los huesos. Palpan los cráneos desnudos y encuentran dos que son del mismo tipo y tamaño. Estos dos servirán.

Martin tiene que detenerse. Parece que el desfiladero se enreda a su alrededor. ¿Qué está haciendo aquí? Algo le sigue corriendo por las mejillas. No es sangre, esta vez son lágrimas. Abraza los cráneos como si fueran los de sus hermanos perdidos. Llora y se mira a sí mismo al borde de perder la razón. Piensa en cómo en unos años alguien encontrará sus huesos pelados entre todos esos animales, y en cómo alguien más se preguntará qué ocurrió aquí y qué pretende este desfiladero con todos los muertos. En ese momento, casi se hubiera recostado y quedado allí si no fuera por el gallo, quien no deja que se le vaya.

—¡Martin! —lo escucha gritar. Es la primera vez que lo escucha hablar.

Martin ya ha cerrado los ojos y sólo alcanza a levantar un poco la cabeza.

—Regresa conmigo, Martin. Yo te guiaré.

El niño asiente, pero los párpados le pesan tanto que no puede ver nada.

—No importa —dice el gallo. Y le explica cómo hacer un saco con su chaqueta en el que pueda guardar los cráneos y así tener las manos libres para escalar. Martin sigue la voz del animal, que es suave y sonora, y al mismo tiempo insistente e ineludible, como si un dios le prestara la voz. La voz inunda el alma de Martin de tal manera, como si hubiera estado esperando su sonido todos estos años. Sienta bien ser un niño que por una vez sigue las palabras de otro ser.

Y así el gallo lo conduce fuera del mar de huesos, le muestra el camino hacia la pendiente, le indica dónde se encuentra cada raíz y cada piedra para apoyarse, y dónde debe dar cada paso hasta que el niño trepa de nuevo fuera del triste desfiladero y se arrodilla agotado frente al gallo.

Es evidente que no debe contarle a nadie que el gallo habla con él, pues todos creerían que lo hace con la voz del diablo, a pesar de que Martin sabe que el gallo tiene que ver con el diablo tan poco como él.

Martin está agotado. En el regreso a casa vomita varias veces, con fiebre y temblando. Pero no deja caer ni los cráneos ni al gallo. Avanza solo lentamente y así lo alcanza la oscuridad.

En la transición hacia la negrura las cosas son grises. Los cráneos atrapan la luz residual y parecen brillar. La silenciosa voz murmurante del gallo le muestra el camino y lo lleva hacia casa. Lágrimas manan de los ojos de Martin. Desearía que al final del camino del bosque hubiera alguien con una luz que lo esperara y lo alumbrara.

—Yo soy tu luz —asegura el gallo.

Entonces Martin cierra los ojos y a ciegas pone un pie y luego el otro. Sus pasos sobre lodo, piedras y hojas. Escucha cómo revientan las conchas de caracol que pisa. Escucha el grito de los mochuelos, el gruñido del jabalí. No escucha a las brujas. Tampoco a los no vivos. El gallo lo guía a través de todos los sustos y supersticiones, sin que Martin preste atención ni vacile al andar. Sostenidos los cráneos a izquierda y derecha por fin llega al pueblo, ya tan oscuro como la muerte.

Los pasos a la entrada del pueblo —incluso sus propios pasos—, recorridos cientos de veces, le suenan familiares. En ese momento, abre los ojos.

La luz sale de algunas chozas. Él mismo nunca ha tenido una luz allá arriba. Generalmente se queda dormido cuando anochece y se ahoga en su agotamiento. Si un día no puede dormir, intenta contar las estrellas tal como le enseñó el gallo. Por supuesto que en aquel tiempo todavía no hablaba. ¿Cómo es que lo hizo entonces?

—En tu vida existe lo inexplicable para que puedas llegar a lo explicable —dice el gallo.

Martin no entiende, mas supone que tiene que ver algo con los cráneos. Quizá también con el caballero.

Como sea, entra en la cantina. Ahí están sentados los hombres de costumbre. Franzi no está. Ella no trabaja aquí en las noches. En las noches ayuda en casa, pues a nadie deben ocurrírsele tonterías al verla.

Las velas echan humo cuando entra Martin tropezándose. Qué imagen. El niño febril con los cráneos y el gallo en el hombro.

Los hombres se asustan y abren los ojos como platos. Uno se orina, pero se queda sentado en el charco para que nadie se dé cuenta y después se vacía la bebida encima. Martin parpadea y extraña la soledad del bosque. Con cuidado coloca los cráneos sobre la mesa y algunos pensamientos atraviesan a los hombres.

El niño los saca muchísimo de quicio porque es tan poco común, testarudo y —nadie quisiera admitirlo de buena gana— bastante valiente, cuando no incluso listo. En general, es agradable, aunque a casi nadie le gusta que lo sea. Más bien la mayoría quiere vivir en paz con sus defectos.

Podrían darle a Martin algo de beber o de comer; de nuevo nadie piensa en eso. El gallo está quieto y no revela que puede hablar. En realidad, hace rato que los hombres olvidaron la discusión del mediodía, de que Martin debía aducir si Uhle el Errabundo se había caído o lo habían golpeado, pues él parecía saberlo. A Martin le desconcierta que los hombres hayan olvidado la conexión con el mediodía y se tarden en llegar al punto en el que estaban antes.

Y ahora, ¿en dónde está el cráneo de Uhle el Errabundo? Tienen que verlo para comparar. Ya nadie lo sabe exactamente. Buscan un poco alrededor mientras al niño con fiebre le bailan estrellas frente a los ojos.

—¿Y quién fue el último en tenerlo?

—¿Qué cochinada es ésta?.

—No tienes que venir si no te gusta.

—¿Por qué Sattler huele a meados?

—Cierra la boca.

—Tus ratas cada vez están más flacas.

—Bien, chico. Trae para acá.

Martin toma los dos cráneos casi idénticos y envuelve cada uno en un harapo. Después deja caer el primero desde el borde de la mesa. Para el segundo coge una jarra con la que golpea el cráneo. Los hombres contienen la respiración. «Maldición, pero qué fuerte es ese niño flaco». «Y qué acto tan desagradable». Al verlo se tiene que pensar de inmediato en todas las veces en las que uno ha golpeado, indebidamente, algo con un objeto. Cosas que no van juntas. La espalda de un niño y una pala para horno. O un perro y un leño. Es muy perturbador cuando alguien te recuerda constantemente aquello que ya has discutido con Dios en el más profundo de los diálogos. Y entonces, cual conciencia de todos, llega este niño a recordar aquella culpa.

Martin desenvuelve los cráneos de los paños y encuentra lo que esperaba. Uno de los cráneos está reventado. El otro tiene un agujero. Justo como en la cabeza de Uhle el Errabundo.

¿Y qué van a hacer con eso ahora? ¿Deben ir a buscar al asesino de Uhle el Errabundo cuando, en el fondo, a nadie le mortifica si está muerto o si sigue vagando? En tiempo de guerra mueren personas más hermosas, y Uhle el Errabundo de todas maneras habría encontrado su final en un barranco en cualquier momento, borracho como siempre estaba, porque no logró liarse con ninguna mujer, justamente por sus dientes.

Además, eso los distrae de la pregunta determinante. Si pueden enterrar el cráneo sin cuerpo o si…

De repente el niño se cae y yace temblando en el piso.

Seguramente por la fiebre. El chico sufre convulsiones. Eso lo saben por la vieja Leni, que siempre se anda cayendo y tiene convulsiones, se contrae y echa espuma. Saben que en su caso las convulsiones son proféticas. Cuando Leni se cae, viene el caballero. El caballero que roba niños.

Y esto ahora les parece interesante. ¿Qué es lo que el chico les quiere decir con esto? Uno opina que quizá podrían levantarlo del suelo sucio en donde el puerco de Seidel barre menos de una vez al año. Nadie quiere ser el primero, y cuando alguien hace un movimiento poco decidido, el gallo negro brinca al pecho del niño, despliega amenazante su plumaje agujerado y resopla.

—¡No lo toquen! —bufa el gallo. Y lo oyeron todos sin ninguna duda.

Entonces se abre la puerta, las velas se apagan, a los hombres se les escapan gritos agudos. Y enseguida se avergüenzan de ello. El pintor está parado en el umbral y examina la situación. En el acto nota la luz, la negrura en los rincones y en las almas de los hombres. Rostros idiotas. El niño medio muerto con el gallo amenazante sobre el pecho. Vaya pueblo abandonado por Dios al que le tiene que pintar la iglesia.

Se arrodilla junto a Martin, el animal lo deja hacer porque lo sabe sin maldad. Eso hace que el pintor se sienta melancólico, pues le gustaría tener a un amigo así, un compañero fiel como el gallo. Él mismo tuvo alguna vez a un perro, pero se le escapó.

Los ojos de Martin están en blanco por la fiebre. El pintor lo levanta, el gallo permanece echado, inmóvil, sobre el niño que no pesa casi nada. «Mi caballete es más pesado», piensa. El pintor sale de nuevo de la cantina; los hombres se quedan atrás, llenos de asombro, sin saber si está permitido lo que hizo.

10

En la iglesia las velas alumbran la zona del altar. Una estructura hecha de tablas sucias oculta el cuadro por encargo. Por todos lados, pinceles, colores, jarras.

El pintor recuesta al chico sobre una banca de la iglesia, le acomoda una cobija debajo de la cabeza, sumerge algunos paños en agua y se los coloca en la frente. Por la fiebre el niño habla delirando. Levanta las manos y se defiende de golpes con los que sueña, de los que hubo más que suficientes en su vida. Y habla, suplica y ruega a las mujeres del pueblo. A Gerti, Ursula, Inga, y mendiga pan o una palabra amable.

El pintor aprieta las manos de rabia. Bebe trago tras trago de aguardiente mientras acaricia y acaricia el cabello de Martin, como si intentara sacar las pesadillas del niño a fuerza de caricias. Cuánto odia a los del pueblo. Los hombres son una cosa, las mujeres... El pintor está tan enojado que escupe de asco.

Es algo bastante avieso que un niño sin recursos —y que tampoco tendría obligación de tenerlos— se comporte con más decencia que aquellos pueblerinos que se crean reglas y preceptos según su estado de ánimo y que están tan satisfechos consigo mismos y con su vida falsa. Todo ello resulta obsceno. Cómo se dan calor entre sí al cacarear y bromear, al hablar pestes de los demás y regodearse como cerdos en el lodo. El pintor conoce a esas mujeres que corren con los vecinos más rápido que una comadreja para hablar mal de otros, para burlarse de alguien que no les parece por el mero hecho de existir. Al igual que el chico, el pintor pone en tela de juicio esa satisfacción de cerdos. Son arrogantes. Mienten y hacen trampa. De hecho, son tontas, pero pícaras de una manera desagradable. ¿Cómo podrá el niño sobrevivir; cómo puede existir la moral entre estos hombres autocomplacientes y estas mujeres venenosas? Y, en cambio, el niño se mantiene firme en el buen camino, permanece inmutable ante la burla, sigue siendo bueno, incluso cuando los ojos acuosos de la vecina lo examinan y lo juzgan, y odian a Martin porque ha visto cómo ella siempre saca ventaja de todo, mientras predica sacrificio ante los demás.

El pintor bebe más aguardiente e introduce sus visiones en los sueños febriles del chico. De vez en cuando le pone a Martin un cucharón de agua en los labios y platica, habla lleno de furia durante horas, vocifera y se irrita. En algún momento da un brinco y termina de pintar la imagen.

Cuando Martin despierta, la luz gris ilumina el interior de la iglesia. Sobre él se extiende una bóveda de basalto negro. Como siempre, el gallo está echado cerca de él. También descubre al pintor que está roncando sobre una manta.

Martin se baja de la banca. Se siente tambaleante sobre las piernas. Se acerca despacio al retablo. Una parte aún está oculta por el andamio, mas puede vislumbrarse el esplendor. El cielo con nubes doradas y allí está el árbol de la cruz. Los ladrones apartados en la lejanía; delante está Jesús, que parece un muchachito.

Martin despierta al pintor.

—¿Ahora te irás? —le pregunta.

El pintor se apoya en los codos y se alegra de haber cuidado al niño hasta sanarlo. No obstante, le duele la cabeza. Asiente.

—Entonces llévame contigo —dice Martin. El pintor asiente de nuevo. Por supuesto que va a llevárselo con él. Comete el error de levantarse rápidamente, pues ahora el aguardiente de ayer quiere salírsele. Pronto se siente mejor.

Empaca su fardo con rapidez y aun así es más lento que Martin, quien no tiene nada que empacar, pues siempre lleva consigo al gallo y toda su ropa ya en el cuerpo.

Todavía falta el andamio. Diestro, el pintor sube colgado por las vigas que se balancean debajo de su peso. Debe trabajar rápido, pues la estructura sólo es estable mientras que todas las tablas se sostengan unas a otras. Tan pronto como saque la tabla de hasta arriba, las demás querrán caerse, por lo que debe desmontar todo más rápido de lo que puede bajar. Esto no lo hace sin maldecir, pero finalmente libera el retablo. Hace a un lado los últimos soportes y vuelca la mesa. De prisa junta los colores y se echa el taburete al hombro. Le indica con una mirada a Martin que deben irse. Salen por la puerta y la dejan abierta. El pueblo está en silencio. ¿Será cierto que todos siguen durmiendo? Martin no quiere despedirse, si bien le hubiera gustado ver a Franzi una vez más. Y lo dice.

—Franzi.

Muy quedo. El pintor se detiene.

—No se puede —lamenta el pintor—. Ella lo entenderá. —Le infunde consuelo.

Martin asiente.

—Vendré por ella —expresa—. Regresaré y vendré por ella.

El pintor encoge los hombros y no le dice que nunca más regresará. Tampoco le dice que, de todos modos, Franzi se casará pronto, se embarazará y se quedará chimuela en los próximos años.

A zancadas el pintor avanza delante y Martin, debilitado por la fiebre, tropieza detrás de él y se aleja paso a paso de aquel lugar del que nadie de las generaciones anteriores ha abandonado. Ahora él es el último en irse, y podría suceder que mañana la peste los mate a todos o que se maten entre sí, mientras él está en otro lugar. Con todo, ellos nunca lo olvidarán.

Se podría pensar que los habitantes del pueblo estarían aliviados de que el niño con el diablo emplumado se haya ido por fin y que ya no los molestará. No es así. Al ver la iglesia con la puerta abierta, dudan en entrar; cuando finalmente se deciden, se quedan parados atónitos. Habían tenido que esperar un largo rato, pero por fin el retablo está listo.

Una franja de luz cae por la ventana de la iglesia y pega en la imagen donde Jesús cuelga de la cruz y levanta la cabeza con dolor y gracia hacia el cielo. En los días de buena luz, el pintor delineó de manera correspondiente su representación de Jesús.

Así que se acercan, y mientras más se acercan, más desagradable les resulta a los del pueblo, pues en los rostros… —¿es coincidencia?—. No, no puede ser, se reconocen los unos a los otros.

—Pero si la jeta chueca es tuya.

—Y el vigilante horroroso se ve como tú.

Entonces se dan cuenta: Franzi como María, cielos, ¡qué sacrilegio!

Y lo peor, ya nadie dice nada más, es Jesús. El pintor le concedió los rasgos de Martin. Y ahora el dulce rostro del niño cuelga para la eternidad en las narices de los pueblerinos.

11

Cuando el pintor y el chico se hacen pasar por padre e hijo, son recibidos de manera más benévola. A Martin le gusta la idea de que el pintor pueda ser su padre. El pintor no le pega. Ni una sola vez le ha levantado la voz. Martin confía en él. Sólo se ha guardado que el gallo puede hablar.

Llueve con frecuencia. El viento es cortante. El pintor se las ve negras para mantener secos sus colores y papeles. A veces se quita la camisa y chaqueta para envolver sus herramientas. Camina con la barriga desnuda. La lluvia corre sobre sus hombros. Maldice y palpa constantemente su fardo. Eso le da pena a Martin. Aunque él mismo esté igualmente empapado. Carga al gallo pegado a la piel. Él al gallo y el pintor, las cosas. Y entonces se pregunta si las cosas de hecho le hablarán al pintor como el gallo le habla a él.

Apenas llegan a una ciudad, el pintor se siente intranquilo y entonces tiene primero la necesidad de buscar a una de esas mujeres emperifolladas. Mientras se acuesta con ellas, Martin cuida el fardo.

A Martin le fascina que el pintor pueda retratar rostros, escenas y sentimientos de tal manera que perduren para siempre como historias, y que el dibujo se convierta en un recuerdo para él.

Pronto Martin también empieza a dibujar. Sólo que para él la belleza no es el detonante o el deseo hacia algo más grande. Él no quiere hacer una denuncia ni tampoco dejar un legado. Le interesan las heridas y cicatrices de los mutilados de guerra que se encuentran en los callejones de las ciudades y en las cantinas.

El pintor le presta papel y carbón y mira cómo el chico se esfuerza en dibujar los bultos de las cicatrices, huellas de cortadas, cuencas de ojos vacías y muñones de brazos. A los mutilados no les importa. Se emborrachan y hablan. Les gusta contarle sus penas al niño de mirada suave. Maldicen a los señores. Se quejan de la miserable comida y del cuerpo flácido que habitan. Nunca han tenido suficiente de nada, excepto de heridas ahora.

—¿Loentiendesmuschascho? —balbucean, y sí, Martin entiende y se sumerge profundamente en las miradas y las heridas, hasta que incluso para el pintor es demasiado y saca arrastrando al niño por el cuello de la cantina correspondiente para buscar mejor algo agradable, pues de alguna manera se considera responsable de la sensibilidad del niño.

Sin embargo, no es nada fácil encontrar algo agradable en medio de los callejones podridos, entre cubetas de orina, ratas y desechos. Eso pone al pintor melancólico, pues su ánimo de pintor necesita algo agradable.

El pintor recibe dos nuevos encargos. Uno, que pinte a las hijas de un comerciante de telas. Sin embargo, son tan feas que tiene que dejar el trabajo. Le ofrecen el doble de pago, el padre incluso se disculpa, mas el pintor no puede ni mirarlas.

El otro encargo es una pintura erótica para un viejo. Una escena seductora incluida en una parafernalia inofensiva.

El pintor debe buscar a una modelo para entrenar su mirada en el cuerpo femenino. Tienen permitido pintar y vivir en el patio trasero del cliente. Les dan sacos de paja para dormir. La paja está grumosa y huele a moho, aun así para Martin eso es más suave que todo lo que conoce, desde siempre ha dormido únicamente en el suelo con nada más que una cobija y el gallo.

El pintor se reúne ahora también con otros pintores. Le hablan de mujeres jóvenes que por unas monedas aceptan posar desnudas; después de todo es mejor que dormir con hombres.

—Y si preguntas —le afirman con un guiño—, tampoco te dicen que no. O no escuchas si lo dicen.

Martin no confía en los otros hombres. No le parece bien que su pintor beba con ellos y que después falten pinceles o colores de su colección. Mas cuando Martin hace un reclamo, el pintor desestima sus recelos.

—No te quieren aquí —asegura Martin—. Tienen miedo de que les quites los trabajos.

—Es obvio —confirma el pintor—. Si soy mejor que ellos.

—Tal vez seas lo suficientemente bueno, pero te ves como un cerdo.

—¿Y puedes juzgar ambas cosas? —pregunta el pintor.

—Tienes que lavarte y conseguir una camisa limpia —continúa Martin—. Eso les gusta a los ricos. Apestan como nosotros, aunque se ven limpios. Si quieres pintar más a los ricos, tienes que hacer como si encajaras en su mundo.

—En absoluto quiero pintar con más frecuencia a los ricos.

—Pues así ganarías más dinero.

—¿Y qué hago con él? Tengo suficiente para comer, emborracharme e ir de putas. ¿Qué hago con más dinero?

Martin no lo sabe. No sabe de deseos para los que se necesite dinero. En cualquier caso, no sabe nada de dinero. Y tampoco de deseos. Así que encoge los hombros.

—De todos modos no me gustan los otros —murmura quedo. Entonces el pintor sonríe porque se da cuenta de que el niño está celoso. Se conmueve de que quiera tenerlo para él solo y cuidarlo.

Preguntan por Gloria. Es una de las que se deja pintar desnuda. El pintor instala su taller en la casa trasera del cliente. Martin coloca en hileras los pinceles y colores, las hojas y los lápices de carbón. Entonces esperan durante largo rato a la modelo. Y cuando Gloria llega finalmente, la habitación se llena de inmediato con su belleza y con los gritos de su bebé, que carga a la cadera.

Los puñitos del bebé se agarran del cabello de Gloria que está tan rizado como Martin no ha visto jamás ninguno. El olor de Gloria es embriagante. El pintor se alegra y se rasca abochornado. Le encantan las mujeres bellas y las venera. Se vuelve cortés y solícito. Gloria se mantiene recelosa. Examina a Martin y al gallo. El chico no consigue descifrar la expresión de su rostro. Y tampoco sabe que a la inversa pasa algo muy similar. Nadie puede leer la mirada amable y suave de Martin.

Mientras el pintor y Gloria hablan, el bebé se mete los rizos de la madre en la boca y los mastica. En la mano estirada de Gloria el pintor cuenta el dinero, que desaparece en la bolsa de su falda. Después Gloria pone al bebé en el suelo, que se sienta allí tambaleante, agita los bracitos y empieza a llorar. Gloria se sale de su vestido, levanta al bebé y se lo coloca en el pecho. Bebe y hace ruidos que hacen que Martin se sienta extrañamente contento y cansado. El pintor comienza a pintarla al instante.

Que esté lloviendo no les afecta a ellos. Tienen un techo sobre la cabeza. Hay trabajo y comida. El gallo se duerme en el regazo de Martin, Gloria le tararea una melodía al bebé que raspa carbón para pintar sobre una hoja. El chico se siente protegido.

Ahora la joven viene todos los días. Cada vez le confía más el bebé a Martin, quien sostiene con cuidado al pequeño y lo deja jugar con sus manos. A veces éste agarra al gallo y le clava los dedos en las plumas. Entonces Martin tiene que soltar un dedo a la vez mientras que el gallo maldice en silencio.

Cuando Gloria se estira en poses provocativas, porque después de todo el pintor tiene un encargo que cumplir, Martin se siente abochornado y hunde la mirada para no comprometer la recién descubierta sensación de seguridad.

El pintor puede separar eso muy bien, pues aunque no acostumbra a dejar pasar la oportunidad de manifestarse sobre los méritos de las mujeres, no deja caer ni una palabra ofensiva frente a Gloria. Su mirada nunca toca su cuerpo con deseo. Sólo la percibe como lo que es en el trazo de su trabajo.

Se nota que ella lo aprecia. Al mismo tiempo, Gloria también está disponible para otros pintores. Después de todo debe sacar adelante al niño, que tiene mejillas crecidas y rojas. Si Gloria necesita una pausa, el pintor dibuja al bebé que chilla o que se resbala al perseguir al gallo. Todos se ríen de cómo el bebé persigue al gallo y de cómo el gallo huye furioso entre tropezones. Martin ríe tanto que las lágrimas corren por sus mejillas. Y se sorprende. Es algo que no conocía en absoluto.

Un día Gloria no viene. Esperan. Afuera llueve, la luz es mala, el pintor tiene que preparar unas velas. El día pasa sin que Gloria aparezca. Martin permanece despierto durante la noche y se preocupa. Gloria tampoco llega al día siguiente a la hora acordada. Esperan algunas horas, después Martin va a buscarla. Tal vez esté enferma. Tal vez, el bebé. Martin presiente que ha ocurrido algo.

El hedor en las calles es terrible. Martin se cubre la boca y la nariz con las mangas. Pregunta por Gloria en todas partes, pasa un largo rato sin que nadie sepa nada, hasta que el chico se ve inesperadamente en medio de toda la desgracia.

—¡El bastardo del pintor! —grita de pronto una vieja—. Aquí está.

Y entonces lo agarra una turba de putas envejecidas con garras de acero. Muchachos que no son mayores que él le asestan golpes en la cabeza y patadas. Sacuden a Martin, algo le da en la ceja. La sangre corre por su sien, y el gallo se bambolea en su camisa como en medio de una tormenta. Los arrastran a través del lodo hasta un callejón oscuro.

Martin no se defiende, la ventaja es bastante palpable y tiene que permitirlo. Su corazón late, pero no porque tema por él, sino porque presiente que se trata de Gloria.

Entonces la turba intenta meterse a fuerzas junto con él en una entrada oscura. Eso no sale bien porque nadie quiere soltar a Martin y no pueden pasar todos juntos.

Finalmente, hacen a algunos a un lado y éstos se quedan atrás maldiciendo. Suben por una escalera. Apenas siente los escalones debajo de sus suelas y la vieja lo empuja con mucha fuerza por la escalera. «Tiene el mismo cabello salvaje de Gloria, tal vez sea su madre», piensa. Allí hay un cuarto. Necesita tiempo antes de entender lo que ve.

Hay una cama frente a la que algunos están arrodillados. Apenas hay aire en la habitación y está muy caliente. Encendidas sin base están unas velas. Martin escucha enseguida al bebé balbucir. Cuando éste ve a Martin, se ríe y estira los bracitos hacia él. Una niña toma al pequeño en sus brazos, celosa, y lo aparta de Martin.

En la cama frente a la que lo empujaron, está acostada Gloria. Martin la reconoce por su vestido y su cabello, pero su cara está herida. La mejilla derecha, desfigurada por una cortadura que se abre roja ardiente desde arriba del pómulo hasta la barbilla. El ojo de encima está hinchado, el labio sangra. Gloria mueve la cabeza. Tiene fiebre y está sudando. La vieja la sacude del hombro y le grita con pocos remilgos si fue el muchacho. Gloria abre el ojo sano, mas su mirada se hunde nuevamente y regresa a su sueño febril. Tal vez haya vislumbrado a Martin.

—No —dice Martin—. Yo no fui.

—Entonces el padre —le grita la vieja en el oído.

Martin niega con la cabeza.

—¿Quién no mentiría en su lugar? —suena una voz.

La gente se separa de un empujón y dejan ver a un hombre que está sentado a la ventana.

Martin ya lo ha visto antes y reconoce en él a uno de aquellos artistas que no los recibieron amistosamente en la ciudad. También es un pintor. Él fue quien les recomendó a Gloria. Él mismo la estaba pintando. El hombre enseña los dientes.

—Cuando yo encontré a Gloria, les juro por Dios, ella me dijo sus nombres.

Parece estar satisfecho y bastante tranquilo. Ya desde su primer encuentro Martin no confió en él.

—La hubieran matado en ese instante —sisea la vieja—. Ahora está desfigurada. Ni siquiera sirve ya para prostituta. ¿Ya viste bien, bastardo? ¡Ya has visto bien!

La vieja le pega en las costillas y lo inclina presionándole la nuca. Él mira bien. Mira la cortada profunda en la cara de la durmiente agitada y le gustaría dibujar la carne abierta, claramente no puede pedir que se lo permitan. La cortada resulta realmente un modelo de golpe enérgico y furioso con una cuchilla larga y delgada. Sin esfuerzo y sin necesidad de ver sus dibujos, pues los conoce de memoria, Martin puede comparar la herida con aquellas que ha esbozado. La cortada profunda. Los bordes limpios. El corte es lo suficientemente profundo para que la herida no cierre por sí misma, pero no lo es tanto para que los músculos internos estén dañados. Gloria podrá seguir comiendo y hablando, siempre que la cicatriz no se infecte.

Martin mira y deja de escuchar a la vieja. Ni a los que maldicen o se burlan, los que escupen, los que se empujan. «¿Pues éstos qué importan?» Sin embargo, el hombre en la ventana tiene consigo algo para dibujar y traza unas líneas sobre el pliego. Probablemente una escena del luto. La turba junto a la cama. Raspa con el carbón sobre el papel. Martin mira fijamente como si sólo existiera este hombre sobre su silla, y él mismo tuviera la tarea de ver algo. Algo muy simple. Y entonces lo ve. El hombre sostiene el carbón con la mano izquierda. Y la herida, la cortada aguda en el rostro de Gloria trazada de arriba abajo con rabia y fuerza, se encuentra en su mejilla derecha. Eso sólo pudo haberlo hecho alguien que todo lo hace con la mano izquierda.

Es decir, ése. Y no el pintor de Martin, que guía el pincel con la mano derecha. El gallo se desliza en la camisa de Martin y el chico se imagina a este hombre en un forcejeo con Gloria, el único ser de luz de esta cloaca. A ella ningún hombre podía hacerle nada porque si no las prostitutas, canallas y pobres lo matarían por haberles quitado lo más bello que han visto jamás. Este tesoro. Martin entonces lo entiende. Este pintor se quiso pasar de listo al no ocultar su delito, sino por el contrario inmediatamente pedir ayuda. Apenas golpeó, lastimó y estranguló a Gloria, la abandonó temblando. Y la conciencia regresó a su cabeza ardiente con la idea de echarle la culpa a alguien más. «Ponte en medio de la desgracia y hazte invisible». Aquí justo al lado de Gloria, junto a las viejas maldicientes, a los rabiosos —ahora lo entiende Martin—, el delincuente está más seguro.

—Él tiene el cuchillo —le dice Martin a la vieja que, es natural, no le quiere entender y en vez de eso le aprieta el brazo.

—Tiene que haber sido él —afirma tranquilo Martin.

La vieja no lo escucha.

—Trae un cuchillo largo y delgado en su bolsa izquierda —insiste Martin.

Poco a poco la vieja presta atención. También los otros se quedan boquiabiertos.

—Todavía debe haber sangre. No pudo haberlo limpiado bien.

Alguien camina hacia el hombre que carraspea nervioso y empieza a empujar cuando se pegan a él. Encuentran el cuchillo enseguida. El hombre suda, pero la cuchilla está reluciente.

—No veo sangre —dice la vieja.

—Las moscas la encontrarán —asegura Martin.

—Aquí hay moscas por todos lados —se queja la vieja.

—¿Y por qué le hacen caso? —pregunta el hombre y da muestras de irse. Forcejea. Lo arrinconan en la habitación. Gloria suspira mientras duerme. El bebé aplaude con las manitas y todos miran fijamente a Martin. Sí, ¿por qué le están haciendo caso? ¿Por qué el niño les da tanta curiosidad? ¿Por qué no simplemente le tuercen el cuello a él y al gallo? A fin de cuentas, ¿no da lo mismo quién haya desfigurado a Gloria, ya que al haber destruido su belleza se han abolido las pocas leyes que rigen estos callejones? La belleza reconfortante de Gloria nunca tuvo permitido dejar el barrio para que no se perdiera la esperanza.

Sí, la vieja piensa en aquel joven, el padre del bebé, que pidió la mano de Gloria. Era de otro barrio. Acomodado, bien parecido y valeroso. Quería casarse y llevarse lejos a Gloria. No obstante, la vieja no lo aprobó porque entonces hubiera perdido su propia fuente de ingresos. Gloria proveía lo suficiente para todos. Así que echó al enamorado. A pesar de ello, él siempre regresaba y al final dijo con amabilidad que se llevaría a Gloria sin la bendición de la vieja testaruda, para ofrecerles a ella y al bebé —que ya abultaba el vientre de Gloria— una agradable y, sobre todo, mejor vida. Sin la vieja. Sin la cloaca de barrio.

Entonces la vieja lo mató. Le clavó unas tijeras grandes. Muchas veces. Él estaba muy desconcertado. Murió desconcertado. Ni un grito.

Enseguida lo hizo enterrar por aquellos que no tienen opinión de nada. Y después las moscas volaron durante días sobre las tijeras. Por eso la vieja sabe que el chico podría tener razón respecto al cuchillo del pintor.

Gloria esperó al joven durante semanas y todo un año y no pudo entender por qué no regresó, aunque la vieja le explicaba paciente día tras día cómo eran los hombres. Nadie la liberaría jamás de la pobreza. Había nacido pobre y moriría pobre, sobre todo por ser tan tonta y haberse dejado hacer un hijo. Fue muy agotador hacer que Gloria entrara en razón, y ahora esto. Todo el trabajo casi en vano.

Martin pregunta si los demás también llevan consigo un cuchillo. Ninguno se mueve hasta que la vieja silba la orden. Entonces todos sacan sus cuchillos, sean comprados, encontrados, heredados o robados. Con cuchillas delgadas y afiladas. Algunos incluso con el mango grabado.

Deben colocarlos uno a lado del otro sobre el suelo, incluido el cuchillo del pintor. Lo hacen y dan un paso hacia atrás en la hilera. Tosen, escarban con los pies y esperan bajo la mirada de la vieja. Espantan a las moscas, que sin cesar quieren posarse sobre la herida de Gloria y poner ahí sus huevos, mas regresan de inmediato. En cambio, ahora, después de que las han ahuyentado, dan vueltas indecisas sobre el lecho de la afiebrada, se alejan finalmente y zumban en el cuarto estrecho hasta que encuentran los cuchillos sobre el suelo. Y escogen precisamente el cuchillo del pintor. Se posan allí e ignoran todos los demás cuchillos.

El delincuente, obviamente, quiere huir en ese momento, pero no logra salir por la puerta ni por la ventana. En cualquier caso, la rabia contra él es grande y le regresan repetidas veces su cuchillo. Martin no mira. Sólo ve a Gloria, y le da pena.

Cuando terminan, Martin puede irse. La vieja resopla. Martin baja tropezando las escaleras y empuja la puerta hacia fuera. Se apresura para ir con su pintor y cuando por fin llega, se avienta a sus brazos y solloza.

El pintor le da palmadas en la espalda y da gruñidos y está feliz de que el chico esté de regreso. Martin no llora por haber sentido miedo por él. Llora por Gloria y porque la calma y seguridad del taller es irrecuperable. Martin le cuenta y el pintor escucha todo. Después se frota la cara durante largo rato, como si se la lavara, y enseguida empaca sus cosas.

—Es mejor que nos vayamos —manifiesta—. Todos se darán cuenta de lo listo que eres, y a nadie le gustará.

—Y el cuadro —pregunta Martin.

—Ése no es ningún cuadro —exclama el pintor—. Eso es basura. Basura por la que le pagan a uno.

Martin comprende y no quiere ni siquiera ver la dichosa pintura donde se puede apreciar a Gloria. Y con su integridad representada se va también el recuerdo de la protección.

Mientras el pintor lava pinceles y guarda los colores, Martin dibuja la herida de Gloria y también el cuchillo al lado para no olvidar. ¿Cómo podría olvidarlo nunca?

12

Cada vez se siente más calor y el pintor dibuja todo lo que se le aparece frente a las narices. Insectos, plantas, árboles con flores que caen como nieve de las ramas. El pintor se sienta en cuclillas sobre una piedra y deja que Martin le traiga los primeros escarabajos, que después copia con mucha precisión antes de dejárselos al gallo como alimento.

Martin no está muy atento a esto. Desde hace días se siente asustadizo e inquieto. La primavera contiene toda la muerte del año que se va. Ve augurios en todas partes. Las orugas aplastadas, azules en las orillas, con cerdas finas debajo de las cuales brota su interior. Los nidos de araña desde los que miles de vástagos diminutos se deslizan con rapidez sobre las hojas secas del año anterior. Sangre en su propia orina. Una vez encuentran un zorro muerto de cuya nariz salen las moscas, las larvas pululan en el agujero de su vientre.

De nuevo está pensando en el caballero. Una y otra vez está buscando un caballo negro y un caballero envuelto en una capa negra.

Entretanto, el pintor busca en el linde del bosque algunas raíces comestibles y unos hongos secos. Martin continúa registrando con los ojos las extensas colinas. Acecha movimientos en la sombra. Espera o teme. Su corazón se estremece sin cesar.

—Él está aquí en algún lugar —le murmura al gallo.

—¿De quién hablas? —pregunta el pintor, quien de tanto agacharse ya tiene la cabeza muy roja—. O debería preguntar: ¿con quién hablas?

«El pintor no es tonto», piensa Martin. Responde a la primera pregunta.

—Del caballero —dice Martin.

El pintor refunfuña entre la corteza y el musgo del bosque.

—¿No conoces las historias? —cuestiona Martin.

—Claro. Las conozco.

—Lo he visto.

—¿A él?

—Sí. A su caballo. Corrí detrás de él. Se llevó a una niña.

—¿De tu pueblo?

—Lo estoy buscando desde entonces.

El pintor se endereza y dobla tanto la espalda que hace crujir sus vértebras y se le sale un pedo.

—Muchacho —dice—, no existe un caballero.

—Pero si yo lo vi.

—Es que no es sólo un caballero. No uno solo.

Martin se queda sin habla. Abre y cierra la mandíbula sin que de sus labios salga el pedido de una explicación.

—¿Desde hace cuánto conoces la historia del caballero? —pregunta el pintor. Martin reflexiona que toda su vida—. Y antes de ti, alguien más ya vivió la historia y la contó. Y casi en todos los lugares por donde paso, alguien me la cuenta. Incluso ya he pintado un cuadro con un caballero así. No es un hombre. No es un caballero. Son muchos.

Martin parpadea.

—Y si son muchos debe de haber alguien para quien lo hagan.

El pintor lo señala con el dedo terroso.

—Una especie de confabulación.

—¿Eso hace que la búsqueda sea más fácil? —pregunta Martin.

—Sea como sea, yo ya no buscaría allí en donde todos conocen las historias.

Martin mira fijamente al pintor.

La comprensión penetra en su pecho y lo llena por completo.

—Sino allí en donde no se roban niños. En donde no la conocen. Sólo ahí están a salvo.

El pintor hace una mueca irónica. Y sostiene una raíz torcida contra el sol para examinarla.

—Ya, ya. Ésta está bien y ésta... —le avienta una más pequeña—. Ésta es suficiente para ti.

Martin le da vueltas en la mano. Parece un pájaro. Encontrar al jinete. Descubrir la fuente.

—Come —dice el pintor—. Vivimos y comemos y vagamos y buscamos. También encontramos a veces. Hoy nos toca comer y mañana continuamos caminando.

Martin asiente. Está agradecido. Muy lentamente mastica la raíz. Poco a poco se tranquiliza y piensa en las muertes de su pueblo, en cómo algunos se han envenenado con raíces. Han muerto con las tripas llenas de espuma. La han llamado *la muerte idiota*. Hay algunas de este tipo: caerse de la escalera y romperse la nuca. Resbalarse en el establo y ser pisoteado por los animales asustados. No darle al leño al cortar madera y cortarse en la pierna de tal manera que la sangre salpique como una fuente por el patio. O justamente, por envenenamiento.

Además de esta muerte también existe la *muerte innecesaria* con la que todos únicamente suspiran. Cuando mueren niños. O cuando a una mujer le rompen el cráneo después del primer año de matrimonio. O cuando la niebla lo sorprende a uno y se precipita por la cuesta.

Pero no, se corrige Martin. En ese caso los del pueblo hablaban de la *muerte maldita* o la *muerte siniestra*. A tal muerte la precedían presagios. Una figura espectral en la niebla. Bebés que flotaban sobre la cuna. Ranas sangrantes. Y naturalmente Lisl, que se cae con un espasmo y que se ha mordido de tal manera la lengua durante los espasmos que ya no se le entiende cuando habla.

Martin nunca ha entendido la *muerte maldita.* No cree en los fantasmas ni en las brujas. Y sabe con bastante certeza que uno se precipita por el desfiladero porque está borracho. Y que siempre se habla de los espasmos de Lisl cuando, al mismo tiempo, su yerno camina de buen humor por el pueblo y, en realidad, se jacta de haber tenido una buena noche. Nada se les escapa a los finos sentidos de Martin. También sabe que todas las Glorias y Lisl, los Martin y los niños desaparecidos no tienen a nadie que responda por ellos. Y uno mira a los muertos y sigue adelante. Ellos descansan en sus ataúdes con los miembros pegados y no pueden informar nada.

Con la raíz grande el pintor se ha preparado un caldo apestoso, que se bebe de un trago. Apenas pasan cinco minutos cuando le dan ataques. Se arranca la camisa del cuerpo, habla de manera confusa y brinca muy entusiasta por la naturaleza gritando todo lo que quiere. Rápidamente se aleja de Martin, que con dificultad logra recoger sin demora todas sus posesiones, se echa al gallo al hombro y corre detrás del desaforado.

Éste se aleja a intervalos imprevisibles. A veces se queda llorando en el pasto y Martin lo alcanza. Después baja corriendo nuevamente la colina levantando polvo y a Martin no le queda más que desear no perderlo de vista.

El pintor no se tranquiliza hasta que oscurece. Espera hasta que se pueden ver las estrellas y le cuenta a Martin sobre ellas.

El chico lo escucha e intenta aprenderse los nombres más difíciles, mientras el gallo pica agujeros en el papel y marca así la posición de los cuerpos celestes. Miran asombrados hacia la oscuridad centelleante, en todo su esplendor, que no fue hecha para el ser humano, pues éste debe dormir a esas horas.

El pintor se ve tan tranquilo que Martin piensa que el extraño hechizo de la raíz ha disminuido. Pero cuando las estrellas fugaces se disparan sobre el cielo nocturno, el pintor grita unas cuantas veces más de emoción.

Finalmente parece haberlo tranquilizado. Sacudiendo la cabeza el pintor se vuelve a poner la camisa. Martin se la ha alcanzado y al hacerlo ha pensado que le cae bien el pintor y que le gustaría mucho seguir peregrinando para siempre con él.

Justo quiere decirle eso cuando el pintor se estira y alarga, bosteza y lanza estas palabras:

—Ése fue un platillo notablemente asqueroso. La próxima vez que tenga hambre voy a cocinar a tu maldito gallo.

Y entonces Martin sabe que algún día tendrá que dejar al pintor. Y le duele. El pintor ronca y duerme su embriaguez, mientras Martin mira fijamente durante largo rato la oscuridad de la noche y entonces reconoce que sólo el amor por alguien hace posible el camino de dolor y miedo.

13

«Todo —piensa Martin— es más viejo que yo y ha estado allí desde siempre». Se pregunta si alguna vez será al revés.

Llevan mucho tiempo de camino y han penetrado en el interior del país. Martin tiene la sensación de estar en el centro del sufrimiento, de la enfermedad y del luto. Los cadáveres gotean de los árboles como manzanas fermentadas. Bordean los campos entre amapolas y aquileas. Los campos están yermos. El suelo, reventado y árido. Las hormigas se alejan con sus larvas.

Martin reconoce huellas secas de corzo en el suelo, trazadas como un legado. Le parece que los bosques están llenos de humanos; los animales, en cambio, han desaparecido o huyen de esta miseria.

Nadie habla más sobre los caballeros. Los interrogados ya no tienen dientes en la boca y están tan flacos que uno preferiría no haberles dado más palabras para que no se atraganten con ellas. Cuando Martin pregunta por el caballero, cosecha miradas incomprensivas.

—Estamos muy cerca de él —asegura Martin con los labios tan agrietados como el campo por la sed. El pintor le grita que desista de querer rescatar a una sola niña, de perseguir un mito cuando alrededor de ellos no hay más que muerte y miseria. Vale la pena rescatarlos a todos, pero todos están perdidos. Al contrario, Martin piensa diferente: una vida salvada es todas las vidas.

El pintor no contesta nada. El hambre lo hace callar. El dolor hurga en sus tripas y le saca el alma. A pesar de que el chico ha escondido al gallo en su camisa desde hace tiempo, de continuo el pintor le dirige la mirada.

Aunque el deseo de encontrar al caballero lo siga acicateando y apenas lo deje dormir, respeta el trabajo del pintor. Cuando se divulga de algún modo su nombre por la miserable región, a los dos hambrientos les sorprende la noticia de que, si desean, pueden dirigirse al palacio del conde, pues allá necesitan a un pintor. Martin no supo hasta ese momento que al pintor lo precede una reputación. Se dice que puede trabajar especialmente rápido. Ahora le ofrecen el encargo de elaborar un retrato familiar.

Se apresuran. Viven en la miseria y les ilusiona un jornal. Una comida sería maravillosa. Cuando por fin llegan a la residencia del campo se ven como vagabundos, como en realidad son. Apestan. Su ropa está llena de chinches y es andrajosa.

Son saludados con verdadera exaltación. Parece como si el jardín y el palacio aún no hubieran escuchado sobre la miseria del mundo. El jardín está cuidado. Los arbustos y los setos se retuercen como animales cortados muy artísticamente.

Mientras recorren el camino empedrado hacia la mansión, se les acerca apresurado un hombre agitado.

El mayordomo, así se presenta. Martin nunca ha visto a alguien cuya ropa sea tan perfecta y cuya figura sea tan flexible. Parece como si pudiera doblarse en todas las direcciones. Eso confunde a Martin por completo.

Acarreando y parloteando de continuo, el mayordomo los empuja sobre la grava. Entran a la mansión por una puerta tan grande como la de una parroquia. Detrás de ésta se abre un pasillo y una habitación más amplia de lo que Martin ha visto jamás. Aquí esperan sillas vacías en las esquinas, cuadros en marcos dorados, candelabros en los que arden velas, aunque sea de día y nadie se encuentre ahí.

El mayordomo empuja al pintor y al niño hasta la cocina. Sale vapor de las grandes calderas sobre el fuego y Martin tiene que sujetar con firmeza al gallo para que este no salga corriendo de miedo. Les dan pan de tocino con mantequilla y además vino dulce. El mayordomo trae ropa y, cual papas cubiertas de tierra, les pela sus cosas viejas al pintor y al chico.

—Hay prisa, hay prisa —repite continuamente y los ayuda a ponerse la extraña ropa nueva tan rápido como le es posible.

Martin nota para su gran asombro que viste por primera vez ropa que le queda. No es necesario ninguna cuerda que le sostenga la pretina del pantalón. Los zapatos en sus pies son suaves y ligeros en comparación con los zuecos que siempre trae si es que no quiere caminar descalzo.

El pintor lleva puesta una camisa blanca de volantes de la que su cuello sucio sobresale como un pedazo de corteza de árbol. Parece que la ropa extraña más bien lo molesta en vez de alegrarlo. Eructa y se rasca la barriga.

El mayordomo les rocía perfume hasta que la botellita queda vacía.

—Mucho mejor —suspira, pero Martin se marea con el aroma. O quizá por todo el pan y la grasa. No está para nada acostumbrado a quedar satisfecho. Quizá también es el calor entre las calderas humeantes en las que hierven mitades de cerdo. Martin empieza a sudar mientras que el mayordomo brinca a su alrededor como si estuviera en todas partes al mismo tiempo.

Entretanto lleva a Martin delante de él, vuelven a caminar con pasos ligeros por largos corredores. Una habitación sigue a la otra. El chico se marea con todas esas puertas, por todas las posesiones.

Al fin llegan a un salón amplio, oblongo con ventanas altas, decorado ostentosamente y en cuya punta están sentadas tres personitas como si estuvieran allí desde siempre y nunca tuvieran nada más que hacer. Martin se pregunta si tendrán polvo sobre los hombros, y entonces vomita sobre el piso de frente. También sobre los zapatos del mayordomo.

Martin escucha una risa aguda. Junto a un hombre rico con cuello de piel y su esposa con rasgos angulosos y mejillas hundidas, está sentada una niña con un vestido tieso que se ríe. La madre la mira y ésta se calla de inmediato.

Un sirviente acude de prisa y limpia el vómito de Martin; también apresura su paño sobre el zapato del mayordomo, quien, molesto, hace a un lado al sirviente con su pie.

Se entabla una breve conversación entre el hombre rico y el pintor. Se ponen de acuerdo mientras Martin sigue respirando contra el perfume, y entonces continúa el salvaje galope. Esta vez con el hombre rico, su esposa y la hija por delante. Martin nunca había experimentado tanta prisa. Aunque en estas habitaciones todo respira tiempo y ocio.

Todos están en movimiento. La niña, el padre y la madre ricos, el pintor, el mayordomo, Martin y los sirvientes que los siguen; todos se apresuran en silencio por los pasillos quietos, con la ropa que cruje y la respiración jadeante. Las impresiones desfilan por Martin, pero no podrá conservar ninguna. Sólo delante de sí la imagen de la niña corriendo de la mano de la madre. Las mejillas hundidas de la mujer.

Llegan ahora a otra habitación. Luz maravillosa. Martin distingue un estrado. Uno como en los que ya ha visto a modelos posar. Delante un caballete, cuantiosos materiales, un lienzo revestido. El fardo manchado del pintor está esperando.

Sudando y resollando debido al esfuerzo de la inusual carrera, el hombre rico, la mujer y la niña se colocan en la posición ya acordada. La madre a la izquierda. El padre a la derecha. Un poco hacia delante y lejos de la madre está parada la niña. Alguien falta. En su lugar hay una extraña estructura. Una especie de arco y una parte de hombro, un armazón que le saca una cabeza a la niña.

El pintor se ha puesto a trabajar sin más. Amables pero directas, llegan las indicaciones: hundir la barbilla, mostrar las mejillas. Los señores siguen bombeando aire y las frentes están empapadas en sudor.

«Parece que normalmente no se mueven», piensa Martin. Entonces se abre una puerta secreta que no había notado antes. Unos sirvientes entran por ahí y cargan a un niño de la edad de Martin. Lleva un traje azul claro. Su cabello es oscuro y lacio. Se le cae una y otra vez sobre la cara, éste no hace nada para evitarlo. Los brazos le cuelgan sin vida, las puntas de los pies se arrastran sobre el piso.

Se ve que los sirvientes se esfuerzan por cargar al niño con dignidad. Sin más podrían echárselo al hombro como un saco de papas, seguro la madre tendría algo en contra de eso. Llevan al chico al estrado. Martin se pregunta si tal vez trae puesta la ropa del niño. Entonces la cabeza del chico da un golpe hacia atrás. Un lazo corre debajo de la barbilla y rodea una vez la coronilla. La mandíbula, piensa Martin, le han amarrado la mandíbula. Entonces se da cuenta: el niño está muerto.

La familia mira hacia fuera de la ventana como petrificada, como si no supieran lo que ocurre justo a su lado ni cómo los sirvientes luchan con el cuerpo sin vida hasta que lo han sujetado al armazón. La cabeza en el artefacto semicircular. Las hebillas deben sostener el cuerpo. Ahora arreglan de nuevo el cabello con un pequeño peine. Después abandonan con cuidado al niño. El engaño es bastante bueno. El muerto se ve normal. Colocan una de las manos sobre el hombro de la madre.

Después de eso, la mujer toma aire a pleno pulmón. Entonces dice:

—Tiene los mismos ojos que su hermana.

El pintor asiente y comienza a trabajar.

Ahora Martin comprende la prisa. La urgencia. El cuadro tiene que terminarse antes de que el cuerpo se descomponga. Antes de que todos pierdan la razón. Entretanto las horas transcurren. De vez en cuando rocían perfume en la habitación. La mano del chico se resbala una y otra vez del hombro de la madre. Al principio los sirvientes brincan, pero más adelante Martin se hace cargo de la tarea. Le importa asombrosamente poco. Mientras lo hace, descubre una marca en el cuello del chico, un anillo rojo que recorre su cuello. Sabe que es la marca de una soga, ya la ha visto alguna vez con el campesino Wittel. Él lo encontró, en el bosque.

A nadie le importó un comino; Seidel dijo que se colgó porque no pudo encontrar sus huevos en el pantalón.

Las horas transcurren. Le llevan vino al pintor, pan y queso. Los sirvientes alimentan a la familia con pedazos de pastel. Les quitan las migajas del cuello, las molestas moscas de la nariz. Les dan agua a cucharadas.

Traen los candelabros cuando la luz del día declina. Ahora cientos de velas alumbran el caballete y al grupo familiar. Una calidez plúmbea sofoca el aire. Los ojos se le cierran a los retratados. La niña se ha sentado y recargado en la madre. También Martin se queda dormido de vez en vez, después despierta asustado y se levanta, pero ve y escucha trabajar al pintor, lo que lo tranquiliza y le permite dormir de nuevo.

En algún momento ya no ocurre. Entonces lo despierta el silencio.

La niña rica duerme ahora alargada sobre el estrado, la madre ha hundido la barbilla en el pecho. El padre ronca. El hijo es el que se ve más vivo que todos ellos. Su piel brilla. El juego de sombras hace creer que se mueve, respira, quizá sonríe y le hace un guiño a Martin. Éste abraza al gallo. Quisiera levantarse y mirar el cuadro. El pintor descansa sentado, sus brazos cruzados sobre el pecho.

Entonces se abre quedamente la puerta secreta. Como tantas veces durante esta noche aparece uno de los numerosos sirvientes, todos vestidos igual, de estatura y tamaño similar, sin diferencias notables, pues así fueron elegidos. Éste entra caminando, sólo éste, sin zapatos.

Martin no se mueve y cierra los ojos. Los abre de nuevo cuando cree que el sirviente ya no está cerca de él. El hombre cuchichea para sí. Suena apresurado, vengativo y loco. Toma uno de los candelabros, se dirige hacia las ventanas y arrima sin vacilar las flamas contra la tela de las cortinas.

Las flamas avanzan enseguida hacia arriba y hacia el techo, devorándolo todo. El sirviente se encuentra ya en la siguiente ventana y en la que sigue y ha dado tan rápido la vuelta que Martin no puede dejar escapar ni un grito. Pero lo ha hecho. Y el hombre lo ha escuchado.

El sirviente atraviesa el salón dando zancadas. Corre como poseído hacia Martin y deja escapar un sonido tan terrible como Martin nunca ha escuchado. El hombre estira los brazos hacia el niño.

«Me va a matar», piensa Martin y se queda atascado en su cuerpo como en una armadura.

Entonces el gallo se avienta en medio, abre el pico y chilla de tal manera que le llega a uno hasta la médula. Chilla y ataca al sirviente, quien de inmediato se defiende y, antes de que alguien pueda reaccionar, escapa por la puerta secreta.

Sin más demora se despiertan los durmientes, lentos y sin fuerza entre el calor de las flamas y el crepitar.

El padre carga a la niña, mientras la madre intenta soltar al niño muerto del aparato, mas los lazos no se dejan desatar. Tira con violencia de su niño muerto hasta que termina por rendirse. Entretanto, dos de los sirvientes rescatan el cuadro. Se produce una enorme confusión. Se avientan cubetas de agua a las paredes en llamas, pero nadie sabe exactamente a dónde dirigirlas y nadie da las órdenes. De esta manera, la servidumbre que se ve idéntica gira sobre su propio eje en un *ballet* ineficaz entre humo, flamas siseantes y charcos de agua. Al final, un viento suave extiende las chispas que salpican toda la mansión. Después de pocas horas ya no queda esperanza alguna.

Negros por el hollín y agotados salen todos. Desde el gran prado miran mudos la construcción que arde. Los ricos ya no son ricos. Están tan sucios como la servidumbre. Un sirviente tras otro abandona el jardín. Salen de allí arrastrando los pies. Avientan las pelucas al seto, se quitan las chaquetas ajustadas. Los preceptores se van. Los cocineros. El chofer de la carroza, y al último se va el mayordomo. La niña llora ante la visión de su hogar derruido.

—Pueden venir con nosotros —le dice Martin. Mas su mirada roza solo fugazmente la cara del niño.

—Vamos —insiste el pintor—. Ya no se puede hacer nada más.

Cuando Martin se voltea para mirar una última vez, los tres siguen allí parados. Sostienen la pintura entre ellos y miran cómo se derrumban los muros.

14

En las noches sólo oscurece poco tiempo y amanece pronto otra vez. El cielo siempre está rosa, los días se hacen calientes. Uno después del otro.

Pasan hambre con frecuencia. La sed es peor. Ahora hay guerra por todas partes y nadie necesita una pintura.

—Lo que no significa que nadie debería ser pintado —dice el pintor y pinta con los colores que aún tiene, en las hojas que aún le quedan. Finalmente se acaba todo el papel. Continúa dibujando sobre madera y piedras; entonces se acaban los colores. Primero el azul. Luego el amarillo. Al final las pinturas son sólo rojas y después ya no hay más. El pintor ha agotado sus instrumentos.

—Ahora estoy desnudo. —Y mira hacia la nada.

—¿Podríamos ir por nuevos colores? —pregunta Martin—. Aún debe de haber en algún lugar. Entonces podemos conseguirte los que necesitas.

El pintor no dice nada.

Se mantienen alejados de las ciudades; encuentran siempre de nuevo a apátridas que como ellos caminan entre los árboles secos. Un día encuentran a una mujer y a su hija. La mujer está casi muerta de miedo. Pregunta incesantemente por un cuchillo. Les toma mucho tiempo averiguar lo que quiere la mujer. Entonces se lo dan y observan cómo le corta el cabello a su hija. Implora a Martin que le dé sus pantalones para que la niña luzca como un niño y así le evite lo peor.

—Para eso estoy yo aquí.

El pintor no habla.

—Por favor —la madre le suplica a Martin. Las lágrimas corren por sus mejillas, aunque su rostro no llora. La tristeza simplemente se derrama de ella como si no tuviera fin. Quién sabe dónde estén el marido y los otros niños.

Los muertos están por todas partes. Yacen en los arbustos, se los encuentra como bayas. En las ciudades los apilan y los queman. Martin sabe que encontrará otros pantalones. Le da los suyos a la niña.

Cuánta sed. El pintor maldice mucho y afirma que se debe a eso. Pero es debido a la falta de actividad como pintor, Martin lo sabe muy bien. El pintor deja pronto de hablar con el niño. Sin decir una palabra camina con paso firme por los bosques secos y los campos agostados en los que sólo pululan los escarabajos de las papas que raen todo lo que queda. No se fija si Martin le sigue el paso.

Ahora tiene que estar escondiendo permanentemente al gallo. Todos los que se les cruzan en el camino tienen las mejillas hundidas y sus ojos brillan febriles. Se matarían entre sí con tal de comerse al gallo. Por qué no mejor se comen de una vez entre sí. Probablemente lo hacen desde hace mucho.

Los terribles días desgastan todo amor, paciencia y seguridad entre el pintor y el chico. La confianza está agujereada. Cada vez con más frecuencia Martin se asusta porque el pintor se le acerca en silencio por detrás y lo ve a él y al gallo en su regazo con una mirada apagada. Martin despierta una noche y ahí está el pintor parado sobre él, su cabeza flota con el cabello revuelto como un negro desastre frente al cielo estrellado. Sostiene en la mano una piedra pesada.

—¿Qué haces? —murmura Martin lleno de miedo.

Escucha cómo el pintor rechina los dientes.

—¿Qué haces? —pregunta de nuevo.

Pero es posible que ya no lo haya dicho, pues su corazón late tan rápido que no se escucha en lo absoluto.

El pintor hace una maniobra brusca. Sale huyendo, corre hacia el siguiente matorral que hace crujir las ramas. Y también Martin se levanta de repente y sale corriendo de inmediato. En la otra dirección, lejos del pintor a quien tanto quiere.

Ha visto la fuerza sobrehumana que le ha costado al pintor no partirles la cabeza a él y al gallo. Aún no.

Así que Martin debe irse.

Corre hasta que tose sangre. Y camina hasta que ya no sabe nada más.

15

Martin encuentra un río y un bote en la orilla. Sólo hay un remo, pero de todos modos no entiende nada de remos. Tampoco sabe nadar, no sabe nada de ríos, de corrientes.

Vacila un poco antes de subirse al bote. Y un sonido inconfundible que viene del bosque lo reafirma en su decisión. También el gallo lo ha escuchado. Hombres.

Martin aleja el bote de la orilla y se acuesta en el piso.

Los árboles se deslizan en su campo visual. Ve hojas que destellan por el sol e intenta olvidar los cadáveres que se pudren en los bosques o se secan en los pastos. Ya no quiere pensar en los huesos de caballo roídos, los niños con sed, las mujeres violadas y los hombres mutilados.

Abraza al gallo y se deja llevar por el río. El pintor dijo alguna vez que todos los ríos quieren llegar al mar, sin que todos lo logren. Martin ha visto el mar en pinturas. Un océano tormentoso en los cuadros de los ricos. Agua gris. Después azul y lisa. Pájaros blancos sobre ésta. Botes y hombres.

—Gallo —dice Martin. Está tan agotado y cansado. No necesita decir que tiene miedo.

—Tienes que seguir buscando —manifiesta el gallo.

—La tarea es demasiado grande.

—La tarea ha venido contigo al mundo y ahora te queda justo a tu medida.

—¿Quién ha colocado esa tarea en mi cuna?

—No tuviste una cuna. Y llorabas sin cesar. Probablemente conocías tu destino. O el de los demás.

—Cuéntame —dice Martin.

—Te amaron muchísimo —afirma el gallo—. Todo el tiempo te cargaban. Sin la intención de hacerte daño.

Martin nunca creyó haber tenido amor. Tal vez al recordar a su padre podría existir una imagen que muestre al hombre no sólo en el momento del delito. Sin embargo, esta imagen es inamovible y obstruye todos los demás recuerdos. El hacha levantada y la expresión desfigurada en la cara. Cinco golpes. Cinco impactos. Qué puede haber detrás de ello. Martin nunca podrá pasar por alto ese horror.

Se dejan arrastrar por la corriente.

Al otear sobre la orilla del bote, ve que la corriente lo hace pasar junto a árboles en los que niños están acuclillados como ardillas y colocan los dedos en los labios como si estuvieran conspirando. Entretanto unos bandidos están acostados bocabajo entre las raíces en el río y beben junto con el agua la sangre que mana de sus heridas.

Y sucede que una vaca con la panza hinchada pasa flotando junto al bote de Martin y éste se sujeta de una pezuña para que la vaca oculte el bote detrás de ella.

El río corre cuesta arriba. Valle y colina se alternan el uno al otro. En las mañanas la niebla es densa. La humedad se posa en las mejillas y el cabello de Martin, y su ropa está mojada. En cambio, al mediodía el sol lo quema.

En algún momento el río se vuelve poco profundo, da una vuelta, y detrás de esta vuelta hay cuatro caballos parados en el agua. El bote los lleva hacia ellos. En la orilla están los hombres. Huir es imposible.

Caballeros. Las capas negras levantadas. Las mangas alzadas. Están destripando pescados. Rajan las panzas con sus anillos de sello, les sacan los intestinos con los dedos, lavan las panzas vacías en el río y miran estúpidamente cuando descubren a Martin.

Un caballero da un paso hacia delante. Rápidamente el chico empuja al gallo debajo de la tabla para sentarse.

—Miren —señala el caballero y levanta ligeramente del bote a Martin por el cuello—. Qué curioso pescado el de hoy —les grita a los otros. Se ríen por compromiso. No todos nacemos para hacer reír. El aburrimiento es grande.

—Es demasiado flaco para asarlo —replica otro—. Regrésalo.

—Pero no sé nadar —dice Martin de inmediato.

—Maldición, el pescado puede hablar —declara el hombre y deja que Martin se dé contra el suelo.

Martin se pone de pie gimiendo. Los caballeros no entienden bien qué pasa. El chico aprovecha ese instante a su favor.

—Quisiera ser caballero, como ustedes —dice. Sólo tiene esta oportunidad.

Los caballeros se miran el uno al otro boquiabiertos. Ahora tendrían que echarse a reír. Son hombres simples. No tienen lugar para muchos sentimientos al mismo tiempo. Todavía no superan su asombro. Dejan lo demás para después.

—¿Qué debo hacer para convertirme en caballero? —pregunta Martin con su valor conmovedor.

Uno de ellos carraspea.

—Muchacho, déjame ver tus ojos. Mira con enojo. Na, olvídate. Tienes los ojos de un santo —dice. Pues todo en los ojos de Martin es bueno y tranquilo.

Los caballeros empiezan a moverse. Sienten un poco de interés.

—Tienes que saber pelear —aseguran. Uno saca su espada. El otro le da a Martin la suya. El niño no puede ni siquiera levantar la hoja del suelo. Se ríen. Rápido le dan dos varas para sustituir las espadas.

—Ahora levanta el arma, muchacho —Martin tampoco la levanta aunque lo estén pellizcando y lo empujen un poco. Así que deja de intentarlo.

—Yo peleo con palabras —asevera Martin.

—Vaya —dice uno—. Para eso no necesitas entonces un caballo y una capa.

—¿De qué más debo ser capaz?

Risas, después silencio. Reflexionan sobre sus habilidades. Quizá no saben hacer tantas cosas como creían. En realidad, no quieren mencionar el alcohol y las putas, aunque nadie puede hacerlo tan bien como ellos. Ahora estaría bien aventar al niño al río y pisotearlo un rato debajo del agua. Quién se preocuparía por un niñito tan harapiento y desamparado.

Mientras, a Martin le resulta muy curioso que los caballeros sean tan lentos para pensar y actuar. ¿Un caballero que roba niños no debería ser tenebroso, silencioso y rápido? Listo, por lo menos. Pero éste no es el caso. ¿Será quizá que éstos sean sólo una tapadera para aquellos que son caballeros de verdad?

—¿Y qué más?

—Tiene que ser grande —confirma otro—. Tan grande como nosotros. Nosotros nos parecemos entre nosotros.

—Yo no me parezco a ti.

—Seguro que sí. Yo me parezco a ti y tú te pareces a mí.

—Pero yo estuve aquí primero.

—Estás soñando, perro.

Rápidamente se desata una pelea. Sí, ahora Martin está seguro de que estos hombres no tienen nada que ver con el secuestro de niños. Podrían ser de su pueblo. Es lamentable encontrarse una y otra vez con los mismos idiotas. Como si el mundo entero estuviera lleno de ellos, sin importar a dónde se dirija Martin. Uno ya le rompió la nariz al otro. Luchan y ruedan en los matorrales. Los otros dos van por los caballos.

—Por favor, tengo que ir con ustedes —implora Martin, pero se lo sacuden.

—Uno de nosotros todavía está por allá —dice el caballero y se sube a su caballo—. Lo hemos perdido. Allá atrás en el bosque.

En el acto Martin aguza el oído.

—¿Por qué no van por él? —pregunta.

—Hombres lobo —declara uno y monta su caballo. Después le sigue contando desde arriba al crujir del cuero de su silla de montar—. Te devoran mientras sigues vivo. Empiezan por los pies. Te roen los huesos dejándolos pelados y suben hasta los muslos. Mas tú sigues vivo. Guardan el resto para el día siguiente. Imagina que durante toda la noche observan tus huesos de mierda. Y sabes que al día siguiente te comerán todo.

—Y el dolor —dice otro—. Siempre se te olvida mencionar el dolor.

—No todos podemos ser unos cobardes como tú.

—Ése ya está perdido, muchacho. Y lo estaba desde que la bruja se lo profetizó.

—Estás asustando al niño —bromea uno.

—No tengo miedo —asegura Martin.

—Entonces ve a salvarlo. Quieres ser un caballero, entonces ve por él o toma su lugar, nosotros tenemos cosas que hacer.

—Pero yo me quedo con su mujer —anuncia uno desde el matorral.

—Eso quisieras —dice el otro.

—Llévenme con ustedes —suplica Martin.

Los caballos saltan alrededor del niño. Éste intenta agarrarse de los dobladillos de las capas, intenta alcanzar la silla de montar. Un aullido retumba desde los bosques. La risa se les queda atorada en la garganta a los caballeros. El miedo. La vergüenza. Después de todo lo dejaron a su suerte. Simplemente huyeron cuando los lobos llegaron y buscaron al herido entre los arbustos.

Justo como ahora. Clavan las botas en los flancos de los caballos y se van galopando. Que Dios Nuestro Señor los juzgue, hoy huyen del diablo.

16

Martin sigue el sonido del lobo. El bosque está inmóvil y espeso. Enseguida lo rodea la oscuridad enmohecida. Los arbustos se aferran a él. Las ortigas son del tamaño de un hombre. Las hormigas rojas se desenroscan en espirales hacia arriba por los árboles. Las hojas crujen y detrás de éstas habita un silencio profundo y atemorizante, como si el bosque contuviera la respiración mientras devora a Martin.

Si echa la cabeza hacia atrás, no puede ver el cielo de tan denso que es el tejido que conforman las copas de los árboles.

—¿Por qué tengo miedo? —pregunta Martin.

—Te estás acercando a tu destino —dice el gallo.

—¿No tengo opción?

—No hasta que mueras.

—¿Seguirá aún vivo el caballero? ¿Lo encontraré?

El gallo no menciona nada.

Al oscurecer el aullido del lobo aumenta. Suena más cerca.

Martin da sus pasos hacia allá, camina más lento y con más cuidado, hasta que las ramas debajo de sus pies ya no crujen.

Entonces, el brillo de una luz parpadeante aparece ante el niño desde un declive. Martin se agacha y continúa deslizándose sobre las rodillas. Se escuchan voces humanas, ahora risas y un habla tosca. Gritos y cantos a medias. Martin se arrastra con cuidado y mira sobre la orilla en una parte plana del declive; ve una fogata que lanza su reflejo a un grupo de personas. Mujeres, hombres. Rodeados de bultos de ropa. Bultos de humanos. Cajas. Toneles. Inmundicia. Trajinan diligentes y sin tino, borrachos y riendo alrededor de lo que han robado, lo reparten entre sí, orinan sobre ello, olvidando toda dignidad. Asan trozos de carne sobre el fuego. La grasa sisea en la lumbre. Huele terriblemente.

Martin aprieta los puños. Le dan náuseas.

Hay un lobo encadenado a un árbol. El hocico le sangra. Una y otra vez entona su lamento. Llama a su manada. Los humanos ríen. Por un instante Martin piensa que el llamado es en vano. Pero se equivoca, pues al otro lado del declive los lobos se mantienen ocultos y en silencio. Esperan. Aún no pueden hacer nada ni ayudar, a pesar de que serían suficientes para hacer que todos allá abajo emprendieran la huida.

A Martin le gustaría preguntarles por qué no hacen nada. Entonces levantan sus cabezas grises y miran brevemente al niño, y giran de nuevo sus cabezas hacia el compañero.

Martin sigue sus miradas y hasta ese momento descubre, gracias a las señas de los animales, al caballero en el pasto. Está amarrado y gravemente herido. Su capa negra brilla con sangre. Medio enderezado se recarga en el tronco de un árbol y su cabeza cuelga hacia un lado. Uno de los hombres le escupe aguardiente en la cara. Entonces el caballero se contrae, lo que significa que aún vive.

Afilan cuchillos. Trocean la carne. Le avientan algo de eso al lobo, mas él no lo toca.

Ahora Martin no sólo siente miedo, sino también una enorme rabia por tener que rescatar al caballero, por tener que ver este horror. ¿Por qué él tiene que encontrar lo que nadie más quiere hallar? ¿Por qué tiene él que saber que los humanos mismos son peor que todos los demonios a los que temen? Martin llora. Quisiera darse la vuelta e irse. Entonces el gallo acerca cariñosamente su cabeza a la mejilla del chico.

—Algún día —le susurra el gallo—. Algún día recordarás que estuviste aquí. Sabrás cómo acabó todo. Será posible que tengas pesadillas, pues todo esto habrá sido terrible. Pero también podrás contar lo sencillo que ha sido. Y que sólo tú pudiste hacerlo.

—Sencillo —susurra Martin y aprieta los ojos enrojecidos.

—Sencillo —repite el gallo—. Pues todos dicen que yo soy el diablo.

Al comprenderlo todo, un listón de silencio envuelve a Martin y todas sus acciones. Sólo escucha latir su propio corazón. Sólo escucha y ve lo que él hace porque únicamente él puede hacerlo. El diablo. Los miedos. Los humanos asquerosos que bailan allí y que en la borrachera se empujan al fuego, a ésos se les van a aparecer encarnadas todas sus malditas supersticiones.

Hunde las manos en la tierra húmeda por la sombra y él mismo se convierte en un demonio. Pinta su rostro claro. Busca un par de palos que acomoda debajo de los troncos caídos y debajo de los montones de piedra floja a la orilla del declive. Luego se coloca al gallo en los hombros.

Después, su grito. Estridente e insoportable. La miseria de su corta vida cabe entera en él. A los de abajo les cae el sonido como un balde de agua fría en los miembros. Los pelos se les ponen de punta y por un momento todo se detiene. Miran fijamente al ser con brazos y alas, el grito doble desde dos gargantas. La tierra empieza a temblar. Troncos caen con estrépito en el declive. Pedazos de piedra arrollan el campamento. Le dan a uno o a otro. Destrozan un pie, parten una cara. El gallo llega corriendo, araña cabezas y vocifera maldiciones.

—¡Baal! ¡Baal! —chillan los caníbales.

De un momento a otro los lobos ya están allí. Como de la nada saltan a las gargantas de hombres y mujeres. Martin no sabe si el gallo les dio la orden. Quien aún puede correr huye, es perseguido, cazado y, quizá, eliminado. El aullido se arrastra fuera del declive y se tambalea en los bosques. Entonces se van. Ya sólo quedan los muertos y los heridos.

Temblando, Martin rodea a los golpeados, rehúye de las manos que se contraen, no escucha los estertores de los que mueren.

Encuentra al caballero. Se arrodilla a su lado. Y el caballero mira al muchacho. Lo conoce. Ya se lo ha encontrado alguna vez. Los dientes le castañetean al caballero. ¿Es de miedo? Martin se arrodilla en su dirección. Debajo de todo el barro, su cara amable.

—No tengas miedo —le dice tranquilo—. No tengas miedo.

17

Martin sujeta con firmeza la correa del caballo. Sus nudillos están resquebrajados, ásperos y sangrantes. El caballo mastica la rienda y alza y baja la cabeza. Sobre la mano helada de Martin gotea algo de espuma. El caballero cuelga de la silla de montar y gime.

Desde la subida por el camino angosto sobresale el castillo en el peñasco. Las almenas superiores rascan las nubes. Encima, el cielo áspero. Aunque es verano, el viento es afilado como si pudiera cortar metal. «¿Cómo será entonces el invierno?», Martin levanta los hombros. El caballo avanza solo. Sus herraduras conocen cada vuelta del sendero cuesta arriba.

El castillo, extraño y frío. Un bloque grosero con ventanas angostas. De hecho, ni siquiera está fortificado porque, después de todo, nadie quiere estar ahí. «De aquí —piensa Martin—, sale toda la desgracia al mundo».

Llegan al portón abierto. Martin dirige al caballo por el arco de la puerta. Las piedras están resbalosas. El caballo pierde el equilibrio, el caballero se queja. Enseguida se encuentran parados en el patio y aquí empieza de inmediato la inevitable miseria. Casas, animales y la gente que los castillos necesitan.

Nada tiene brillo. Las casas se han acumulado como una plaga a la sombra de los muros del castillo. Toda una ciudad ha crecido en el espacio más estrecho.

Los cerdos gruñen en los charcos. Las gallinas caminan en la suciedad. Pronto llegan los primeros curiosos que han descubierto al niño y al caballero. Martin no tiene que explicar nada y tampoco le preguntan nada. Conocen al caballero. Todos lo ayudan a bajarse del caballo y se alejan cargándolo tan rápidamente que Martin debe esforzarse por no perderlo. Es su caballero. Se lo ha ganado.

Una mujer llega corriendo con unos niños y se tapa la boca con las manos. Sorprendida y alegre, horrorizada y temerosa. Todo al mismo tiempo. Debe ser su mujer. Ésos, sus hijos. Se le cuelgan de las faldas, no puede avanzar bien. El caballero medio muerto de dolor le es inalcanzable. Entonces, Martin toma con la mayor naturalidad al más pequeño de los niños en sus brazos y sigue al grupo que se cierra alrededor de la mujer y el herido. Martin no debe perderlo. Simplemente, no perderlo. El grupo se mueve entre las estrechas casas. Sobre sus cabezas cuelga la ropa limpia puesta a secar.

Pero ¿por qué un caballero vive en un cobertizo tan lamentable? Apenas caben todos para ponerlo sobre la cama. Con sus nalgas los curiosos vuelcan las cazuelas del fogón y las sillas. Casi pisotean a los pequeños. Un gato brinca bufando enfurecido de nuca en nuca.

Una vez lo han dejado sobre la cama, todos se hacen hacia atrás alejándose del caballero. Ahora la mujer tiene oportunidad de acercarse a él. Coloca brevemente la mano en su mejilla. No hay duda de que ha enflaquecido en su lecho del bosque. Alguien ha mandado a llamar al médico. La mujer abre el vendaje, quita la mezcla de hojas y hierbas que Martin ha untado en la herida. Parece desconcertada al mirar la herida. Asiente de manera aprobatoria.

—¿Qué hierbas has utilizado? —le pregunta al chico. Es sabiduría antigua. Martin balancea al niño sobre su delgada cadera.

El médico ya está aquí y se abre paso entre el gentío. Acaba de comer y se limpia los dientes con el dedo. Lo primero que hace es oler la herida con su nariz roja de borracho y de la que cuelga una gota. A Martin le preocupa que la gota pueda caer en la herida y sabe que al médico le da lo mismo qué tan bien se haya curado la herida hasta ahora, pues enseguida revolverá la carne del caballero para buscar el pus que lo cure. Otro cuento más de los que Martin conoce. La infección se volverá a producir y el caballero morirá sin remedio. Daría lo mismo que el médico metiera el resto de su comida en la herida. Pero ¿qué puede decir Martin?

Nadie lo escuchará. En vez de eso piensa en una distracción.

—Lo encontré en el bosque —explica—. Creo que tiene un espadazo profundo en el costado. —No queda claro si fueron enemigos o los otros caballeros.

»Me llamo Martin —dice, y su voz se vuelve aguda porque ve que el médico ya se ha arremangado, como si con eso pudiera lograr algo, cuando hay mugre pegada en sus uñas, en los pliegues de su piel y por todas partes.

»Y yo estuve cuidando la herida. —El pánico hace que la voz de Martin tiemble—. No lo dejé morir, pero pasó mucho tiempo hasta que pudo subirse de nuevo al caballo y pudiera traerlo.

Le lanza una mirada suplicante a la mujer. Ésta la entiende, cierra rápidamente el vendaje alrededor de la herida; el médico mira indignado, pero ella sabe calmarlo. La mujer de al lado tiene un forúnculo terrible. ¿Podría interesarle? Oh, sí, por mucho prefiere examinar eso que una herida convencional de espada. Algo para variar. Arriba en el castillo sólo hay estreñimiento y la tos de la princesa.

—Ya, ya —dice la mujer y lo empuja hacia afuera—. Un forúnculo tan grande como la cabeza de un cordero.

Enseguida agradece también a los vecinos. Se despide y asiente hasta que todos están fuera. Después cierra la puerta baja. Ahora está casi oscuro aquí adentro. La mujer retira al niño pegado a la cadera de Martin.

—Pensamos que ya no regresaría —dice.

—¿Y por eso nos apretujaron en este establo? —pregunta el caballero. Medio incorporado en la cama.

La mujer mira sus dedos. Éstos recamaron damasco alguna vez, sostuvieron tazas de té y tocaron las cuerdas de un laúd. Ahora sólo friegan el piso y las cazuelas, pelan papas, día tras día papas, limpian los mocos de las narices de los niños y roban los huevos de los nidos de las gallinas. Y de ahora en adelante tendrán que cuidar al caballero que nunca más sanará. Nunca se recuperará de cómo estuvo tendido en el bosque y cómo el musgo le absorbió la vida. No podrá olvidar el horror que infundió el niño como ningún otro fantasma en el mundo lo hubiese podido hacer.

Martin mira al caballero, quien no puede estar agradecido.

El caballero no quiere ser una carga para su mujer. Ama a sus hijos y quiere ser un ejemplo de fuerza para ellos. No quiere estar lamentándose en un lecho con heridas que lo atormentarán durante el resto de su vida, en la choza en la que arrinconaron a su familia, cuando apenas hace poco vivían en las habitaciones del castillo. Cada mañana, el recorrido hacia los orgullosos caballos en las caballerizas. Una buena vida. Y ahora.

Martin no siente compasión por el caballero. El precio de su buena vida eran niños robados. ¿Cuántos habrá secuestrado?

—Él no se quedará —dice el caballero.

—Lo hará —objeta la mujer y se acerca a Martin.

—Durante las noches viene lo peor —susurra Martin.

—Siempre es así —responde ella.

—Entonces le mostraba a él las estrellas.

—Gracias por haberlo traído de regreso.

Si bien sabe que no será fácil, él está ahí. Y es mejor que si no estuviera.

—Puedes quedarte con nosotros. Te arreglaremos una cama —dice—. Junto al horno. Entonces estarás bien.

Martin sonríe. Y cuando más tarde se enrosca en su lecho, se siente bastante bien. Se queda dormido con la respiración de los otros niños. Y cuando en la noche el caballero despierta a la mujer con gritos penetrantes y enseguida a toda la ciudad, Martin duerme tranquilo y a salvo por primera vez desde hace muchas noches y no se despierta. Tan profundo es su sueño. Tan grande su cansancio.

18

En la madrugada hay un tumulto.

—¡Lucifer! —gritan desde las casas—. ¡Los demonios! ¡Dios mío, ahora vienen desde los techos!

Martin se para de un brinco al instante. Choca con la cama, tira la cazuela, derriba los leños por el suelo. Sin embargo, el verdadero estruendo viene del techo, sobre el que se escuchan balidos y un golpeteo, escarban ruidosamente y sigue un alboroto, después una pezuña abre el techo y se queda atorada.

—¡El Maldito se manifiesta! —se lamenta el caballero pálido como muerto.

—¡Los demonios! —se escucha chillar fuera.

La mujer tranquiliza a los niños que lloran. No tiene miedo. La pezuña patalea sobre el horno. Martin la examina muy bien. «Es una cabra, nada más», piensa.

—¡Mujer! —grita el caballero.

—Sólo es el maldito Thomanns —dice la mujer.

Martin se precipita por la puerta, afuera el cielo está gris. Desde las hileras de casas más abajo retumban maldiciones. Y Martin ve realmente algunas cabras que trapalean sobre los techos. Del techo propio sobresale el cuerpo de un macho cabrío. Un animal largo, magro, que irrumpió con la pezuña y que ahora intenta liberarse dando sacudidas.

Una figura salta desde la niebla húmeda, mira al niño desde arriba.

—Con permiso —dice el hombre—, soy Thomanns. —Y tira con ímpetu de los cuernos de la cabra para sacarla del techo. Las maderas rotas caen ruidosamente sobre el piso de la casa.

—Los pastos están podridos esta mañana —dice Thomanns disculpándose y lanza a la cabra del techo. Ésta cae con un golpe seco junto a Martin, se levanta a duras penas y lo ve con su fría mirada de tres ojos. Thomanns se ríe, arrea a las otras cabras, las lanza a todas de los techos desde donde aún se escapan llamados al Todopoderoso. Y después brinca él mismo.

Es grande, con extremidades relajadas en pantalones bicolores. Martin mira fijamente cómo desaparece en las sombras del castillo.

—Es el bufón —explica más tarde la mujer, cuando Martin le pregunta por él.

Como el daño no es grande, Martin tapa el agujero.

—Esto funcionará —le dice al caballero.

—Hasta que yo lo haga bien —contesta.

—Hasta que tú lo hagas —replica Martin.

—Hasta que pueda volver a subir.

—Sí.

19

Esta mañana el gallo está más contento que de costumbre, y para asombro de Martin, prefiere ir solo de paseo. No obstante, la razón se descubre muy pronto: cerca hay algunas gallinas.

Martin sale a dar una vuelta por su lado. Entonces pronto se da cuenta de que el asunto entre el caballero y él ya se ha propagado. Los habitantes del pueblo oscilan entre recelo y admiración cuando se lo topan. Se necesitará a un aliado para sobrevivir a esa situación.

Así que toma el camino hacia el portón del castillo. El centinela con lanza y espada se está comiendo una manzana. Martin se acerca. De inmediato la lanza desciende en su dirección. El centinela niega con la cabeza.

—¿No está permitido entrar? —pregunta Martin.

—Cualquiera puede venir —dice el centinela.

—Salvé al caballero.

—Ah, bueno.

La cara de Martin se ilumina, pero el hombre se ríe.

—No, muchacho. Me da lo mismo.

—Pero tal vez no le dé lo mismo a la princesa. Tal vez estás cometiendo un error.

El hombre le dispara con los dedos el corazón de la manzana a Martin.

—Si yo no tengo permitido entrar, ¿entonces quién sí puede? —pregunta Martin.

El hombre suspira, lanza su espada al aire y detiene la cuchilla desnuda con la palma de la mano.

—Brujas con dieciséis dedos —dice—. El verdugo, Thomanns y cerdos que pueden hacer cálculos.

—Yo tengo un gallo que puede hablar. ¿Eso cuenta?

El centinela escupe.

—Ni aunque pudieras volar con el trasero por delante te dejaré entrar.

—¿Se daría cuenta alguien?

—Dios santo. Eres tan necio como mi mujer.

Martin examina al hombre. Es bastante joven aún y parece poco satisfecho. De continuo se le van los ojos tras las mujeres que se pavonean por el patio. De rato en rato se agita, brinca ligeramente de un pie a otro. Una fiebre insignificante. No.

Martin espera. El hombre empieza a balancear las rodillas con impaciencia.

—Lárgate —le advierte a Martin.

Éste da algunos pasos hacia atrás, pero sigue mirando. Tiene una sospecha y sólo necesita algo de paciencia para confirmarla. Comezón, tremendamente molesta. Vista con frecuencia en el pueblo y más adelante en los mesones. Y de verdad, ha llegado el momento. El hombre pierde el dominio, se agarra la entrepierna y rasca lo que puede rascar.

—Ladillas —el pintor se lo explicó antes—. Cuando ves quién se rasca sabes quién se revolcó en el heno con quién.

Martin se alegra. Eso es un comienzo.

—Vete al diablo —gruñe el centinela.

Martin se deja echar de buena gana.

En los establos, en los muros y en cualquier otro lugar se puede observar a Martin reuniendo ralladura de piedra y cal. Raspa líquenes de un muro, pide un pequeño cuenco y muele en este los ingredientes pacientemente hasta que producen un polvo fino.

En la tarde se aparece de nuevo en el portón.

—Otra vez tú —gruñe el centinela.

Martin le ofrece el cuenquito.

—Aplícalo dos veces al día —dice el muchacho.

—¿Aplicármelo?

—En las zonas afectadas.

—¿De qué estás hablando?

—En las zonas que dan comezón.

—¿Y a ti qué te importa en dónde tengo comezón?

—He observado que la mujer rubia de la casa de allá enfrente, que se puede ver estupendamente desde tu puesto, también tiene comezón.

—Ah.

—Sí. Pero su esposo no tiene ese problema. Eso me parece curioso —dice Martin—. Y bien, si yo fuera tú no me quedaría parado aquí todo el día rascándome en frente de toda la gente. No vaya a ser que a alguien se le ocurran ideas tontas y vaya a preguntar a la mujer.

El centinela escucha con atención las palabras de Martin. Con mucha lentitud estira finalmente la mano hacia el cuenquito. Pero ahora Martin lo aparta un poco.

—¿Qué más quieres? —sisea el hombre y reflexiona—. A cambio te dejo entrar.

—En este momento, no. Quiero entrar cuando sea el momento.

—Muy bien. Cuando sea el momento. Lo recordaré.

Martin le pasa el polvo, que de espaldas el hombre utiliza tan rápidamente que se levantan nubecitas blancas. El centinela suspira aliviado. Y Martin está satisfecho. Pronto entrará, pero no antes de haber entendido.

20

En las mañanas el cielo cuelga de los almenares del castillo.

A los niños les gusta perseguir a Martin por todos lados. A él le divierte hacer durante un rato como si no notara la pequeña bandada de patos detrás de él para después voltearse de repente y asustarlos de tal manera que dan un brinco y gritan.

Sus agudos dones de observación le permiten hacerse rápidamente útil en todos lados. Siempre ve de inmediato dónde se necesita una mano presta. De ese modo salen sobrando los ociosos, que sólo anda por ahí cruzados de brazos. Es como si nadie pudiera arreglárselas bien aquí arriba sin Martin. O como si todos los que viven en la montaña de la princesa hubieran perdido la capacidad de observación y no se hubieran dado cuenta de su escasa generosidad con la comunidad. No obstante, siempre que Martin quiere informarse sobre los niños desaparecidos, no encuentra respuesta.

Con frecuencia mira a Thomanns. El prestidigitador trabaja con tres cabras deformes y con tres compañeros humanos. Intenta enseñarles algo por turnos a un grupo y después al otro. No queda claro qué grupo dispone de una facultad de compresión más rápida.

Thomanns tiene ojos tan fríos y claros como sus animales. No le importa lo que la gente dice. A veces es ruidoso y amable, hace malabares con manzanas que les regala a los niños. Los hace también con huevos que deja caer para que se rompan. A veces imita a alguien y nadie está a salvo de su bufonada muda con la que camina detrás de uno, imitando tan divertidamente la postura y la expresión facial que es como si caminaran dos tipos iguales.

Hoy ha levantado una estructura de tablas angostas, escaleras y anillos sobre la que se balancea mientras las cabras están ahí y lo miran estúpidamente.

—¿Qué estás haciendo? —pregunta Martin.

—¿Y qué estoy haciendo? —devuelve la pregunta Thomanns. Ya conoce al muchacho. Un bienvenido cambio entre los apáticos habitantes del castillo.

—Estás escalando —dice Martin.

Thomanns ha llegado a un lugar en el que sólo se puede avanzar poniendo un pie delante del otro. La viga se dobla. El andamio se ve inestable en conjunto y sólo construido para el instante. «Eso podría haberlo aprendido del pintor», piensa Martin.

—¿Por qué lo haces? —pregunta el chico.

—Quiero entender a las cabras —dice el hombre y se cae de la viga, se levanta de nuevo y se sacude los pantalones—. Tienes que saber que las cabras están pensando todo el día. ¿Quieres que te diga en qué piensan? Están pensando en: mmmbee, mmmbee y mmbee, y a veces mbeeembee. Sí —suspira—. Son animales grandiosos.

Entonces hace ruido con un pequeño saco que se bambolea en su cadera.

—Además les gusta comer zanahorias.

Y ya brinca la primera cabra al andamio y domina la escalada sin ningún esfuerzo. La segunda continúa y también logra seguir el camino. Sólo la última se niega.

—Eso se debe a su tercer ojo —dice Thomanns y acaricia con ternura al animal—. No puede ver bien en línea recta, pero puede ver el futuro.

—¿De verdad? —pregunta Martin y obtiene una mirada de asombro.

—¿No lo sabías? —Thomanns coge la cabeza de la cabra entre sus manos y le habla al animal en sus ollares—. Revéleme, maestro, el futuro de este niño.

Entonces escucha, y Martin también escucha.

—¿Escuchas su respuesta? —murmura el artista.

—Puedo escucharla —le contesta Martin también murmurando.

—¿Y bien? ¿Qué dice? —pregunta Thomanns.

—Mbeeee —repite Martin—. Dice mbeeee, mbeeee y a veces mbeeembeee.

Thomanns se echa a reír exagerando un poco al hacerlo. Es probable que desde hace cinco años no haya escuchado ni un pensamiento inteligente ni una broma inesperada. Y cada vez está menos convencido de sus propias ocurrencias. Martin está un poco ofendido. ¿Por qué siempre tienen que tomar a los niños por idiotas? Cuando Martin ha mirado ya en todos los precipicios. O quizá aún no. No obstante, si aún existe algo que lo ponga a prueba, entonces lo encontrará aquí en el castillo. Lo sabe.

Thomanns le ofrece una zanahoria. Masticando juntos miran escalar a las cabras.

—¿Qué haces aquí? —Martin le pregunta finalmente de nuevo.

—Entretengo a la princesa —dice el prestidigitador—. De vez en cuando desea divertirse, entonces voy y la hago reír, llorar, asombrarse, y después tengo permitido dormir en una cama de oro con mis cabras y beber miel.

Thomanns le lanza al animal la mitad de una zanahoria.

—Una cama de oro —repite Martin.

—Sí, maldición. Mírame. Como si no me lo hubiera ganado —dice Thomanns y jala de sus pantalones mugrientos—. En todas partes se admira a los prestidigitadores y son los verdaderos reyes junto a los reyes. Pero aquí no. No aquí, en esta maldita montaña.

—¿Y por qué no te vas a otro lugar? —pregunta Martin.

—Uno no puede simplemente irse.

—Yo me fui —dice Martin.

Thomanns niega con la cabeza.

—Yo nunca me iré. No abandonaré este castillo mientras no me pueda ir volando —confiesa. Y después de un rato:

—Ven. Te mostraré el mejor lugar y la razón por la que no puedo irme.

21

Martin aprende pronto que un bufón tiene caminos que recorrer y obligaciones que cumplir, como un campesino, un cochero o un molinero. Tiene que pagarle a su compañía. Los tiene que reprender, abofetear y decirles cuándo se deben ver otra vez. Martin lo sigue en sus rondas. Thomanns necesita también alimentos. Pasa a la tienda de Hansel. Allí huele detenidamente un pedazo de carne.

—Esto está tan viejo que ya hasta puede caminar solo —increpa y enseguida le vuelca a Hansel un cajón de harina delante de los pies, en el que pululan las larvas—. Quiero hornear pan, no ir de pesca.

Thomanns es versado. Tiene quehaceres. Entre compras cuenta chistes vulgares por los que el comerciante muestra una dentadura defectuosa al sonreír y las mujeres se sonrojan. Hace aparecer como por arte de magia polluelos de las orejas de los niños y salchichas de sus narices. Pero al final siempre se dirige hacia su casa, lo que parece que es importante para él. A pesar de que siempre se lo ve con sus cabras, retocando un toldo y ensayando, parece no ser otra cosa que un guasón con pantalón bicolor. Y ahora resulta que tiene un hogar al final del camino, justo a la orilla del castillo. Un hogar en el que alguien lo espera.

Una niña abre la puerta, quizá ya una mujer joven —Martin no lo sabe—. Su cara se ve como la de una muñeca, sin edad. La nariz es muy pequeña, mientras que la boca es exageradamente grande. Los ojos son brillantes, las orejas destacan. El cabello está revuelto alrededor de su cabeza. Es una persona pequeña. Abraza durante largo rato al prestidigitador. Después a Martin.

—Por fin están aquí —habla como si ya supiera de Martin y como si no hubiera visto al prestidigitador desde hace una eternidad.

—Ella es Marie —el bufón la presenta—. Mi hermana.

—Qué animal tan bonito llevas ahí —dice Marie—. ¿Qué es?

—Un gallo.

—Un gallo. Qué maravilloso. Verdaderamente extraordinario. Entra.

Martin la sigue hacia un cuarto oscuro. Hace frío. No hay fuego en la chimenea. De las paredes gotean chinches.

—Toma asiento —dice Marie y le ofrece una silla. La silla tiene encima un montón de tiliches. Por todas partes hay cosas que parecen no tener sentido. Thomanns no dice nada al respecto. Siempre que pasa al lado de Marie esta lo estrecha en sus brazos.

—Te quiero tanto —suspira.

—Yo también te quiero —le responde él con paciencia cada vez. Le lanza una cobija a Martin—. Marie le tiene miedo al fuego.

—¿Cómo estuvo tu viaje? —pregunta Marie y le sonríe a Martin con su ancha boca desde un mundo que es desconocido para él. Un mundo en el que sólo hay amabilidad. Marie platica.

—¿Cómo es el clima en el lugar de donde vienes? —inquiere.

—Frío —dice Martin.

—Oh, sí. El frío es terrible —menciona —. Te va bien, tienes un animal.

—Y tú lo tienes a él.

—Sí. Estoy muy contenta. Pero a veces se marcha y yo tengo que esperar. Entonces me da miedo. Oh, tengo mucho miedo. Eso no es agradable.

Los ojos de Marie se llenan de lágrimas. Thomanns viene y pone la comida sobre la mesa. Un plato para Marie y uno para Martin.

—Gracias, tengo mucha hambre —dice Marie y examina la comida—. ¿Y qué es esto?

—Leche y pan blando.

—Oh, gracias, eres muy amable. Me gustan la leche y el pan blando. —De todos modos, nunca ha comido algo diferente, pero eso no lo sabe Martin todavía.

A Martin le toca salchicha y queso, y además una cebolla. Thomanns bebe vino. Hace mucho frío. Marie come siempre bocados diminutos y sigue preguntando.

—¿Les ha ido bien en el camino? ¿Has visto a algún conocido? ¿Cómo estuvo el clima? ¿Cómo se llama el lugar de donde vienes?

Martin le dice el nombre del lugar, sin pensar. Marie mira dentro sí misma, en su pequeña alma ordenada en la que, junto a la amabilidad, están colocadas en hilera las pocas experiencias de su vida como si estuvieran esperando a ser observadas siempre de nuevo para que se pueda platicar sobre ellas.

—Ya he escuchado sobre ese lugar. Alguna vez nos llegó visita de allí.

—¿Sí? —dice Martin y de pronto ya no puede masticar la comida. Y siente como si sus manos estuvieran pegadas al tablón de la mesa. Y siente como si toda la habitación girara alrededor de su cabeza hasta que el vino fluye fuera del vaso del prestidigitador y la leche gotea del cabello de Marie.

—Un hombre muy amable. Me acuerdo muy bien. Tenía ojos como los tuyos.

—Ojos como los míos —repite Martin.

Y las paredes se disuelven. Y el piso se desprende.

—Un hombre muy amable. Quería ganar el juego del sueño de la princesa para salvar a su pueblo. Tenían deudas. ¿Entiendes? Apenas había para comer en los campos. Por ello habían llevado el ganado al bosque para que encontrara siquiera algo de alimento.

—Líquenes y musgo. Corteza y hongos —dice Martin en silencio, pues conoce el cuento.

—Y tenían a una Lisl en el pueblo que tenía convulsiones y decía que debían ganar el juego una vez para que los impuestos ya no fueran tan gravosos. Y nunca más dijo…

—… algo sensato —Martin continúa la oración. Oraciones que cuelgan de los recuerdos de su niñez. Tiernas y desapercibidas. Nunca importantes, y ahora, de repente, ahí y en la boca de Marie. ¿Por qué?

—Y entonces vino para jugar el juego.

—Un pobre necio como todos los que lo intentan —dice Thomanns mientras el mundo de Martin desaparece detrás de la boca amplia de Marie, que tal vez esté hablando de su padre.

—Por desgracia, no ganó, ¿no es cierto? —dice Marie, y flota hacia arriba y hacia abajo como una diosa delante de Martin.

—Nadie puede ganar el juego del sueño —dice Thomanns.

«¿Qué pasó con él?», piensa Martin.

—Posiblemente haya sido demasiado para él —responde Marie—. Después se comportaba raro. Tenía mucho miedo. Dicen que corrió durante todo el camino de regreso a casa. Eso debió de haber sido muy agotador.

—Se volvió loco —aclara el prestidigitador.

Martin se cae de la silla y se pega en la cabeza.

—Yo también estoy cansada —dice Marie y se recuesta junto a él. Thomanns extiende una cobija sobre ellos.

Marie abraza a Martin como lo hubiera hecho su hermana. Su inocencia es tan grande que se duerme más rápido que cualquier otra persona. Sonríe mientras duerme. La fuerza del abrazo en el que envuelve a Martin no cede.

El prestidigitador se pone una sotana negra, una capucha sobre la cabeza y toma un hacha.

—Puedes quedarte —dice.

—¿Quién eres ahora? —pregunta Martin débilmente.

—Soy el verdugo. Mi padre también fue verdugo. Tengo trabajo —responde Thomanns, el verdugo.

—¿Entonces eres ambos? —pregunta Martin y cierra los ojos.

—Sí, tengo mucho trabajo por hacer —dice el prestidigitador, el verdugo.

Y Martin piensa que sí, que eso tiene sentido porque, precisamente, no tiene sentido y es tan torcido como todo lo demás en este maldito mundo.

22

Poco a poco se revelan las reglas para la vida en el castillo. Si bien se suman algunas o se endurecen otras arbitrariamente, nunca se revocan las ya existentes. Hay un fundamento vago, el resto es buena o mala suerte; por ello lo mejor es irse con miedo y desconfianza. A pesar de eso, es claro que también se cometen delitos. Y Martin descubrirá hoy cómo se castigan, y ni siquiera se necesita la intervención del verdugo, pues, aunque el cargo esté en plenas funciones, los desdichados son ejecutados por doquier de maneras más terribles que con el hacha. Tal vez este método le resulte poco espectacular a la princesa.

En el patio del castillo crece un árbol al que llaman el árbol de mujeres. Martin ya ha preguntado con mucha frecuencia por qué se llama así, pero nunca ha recibido una respuesta. Generalmente pasa eso aquí, que no hay respuestas adecuadas a la mayoría de las preguntas, sino que las cosas se explican por sí mismas en algún momento.

El árbol está seco y espigado, con un ramaje ampliamente bifurcado; nadie sabe con exactitud qué tipo de árbol es. Las ramas son nudosas como si fuera un árbol frutal. Por su parte, el tronco es largo y delgado. En primavera se espera con inquietud qué hojas aparecerán, pues son diferentes cada año. Esta vez no había dado ninguna y llevaba mucho tiempo deshojado antes de la estación; pero este día, que trae el primer aguacero de otoño, ha dado como fruto un hermoso cadáver de mujer.

Ella cuelga de su cabello enredado en varias ramas. Si sopla el viento, sus faldas ondean de un lado a otro y el cuerpo gira levemente. La cara, pálida y hermosa; es una joven doncella con vestido azul claro. Se le han salido las delicadas zapatillas de los pies. Algunos niños las tomaron y andan dando tropezones por los alrededores. La multitud se ve triste debajo de la muerta.

—No es agradable ver los frutos del árbol de mujeres. Aun cuando sea bello lo que el árbol da —dice Thomanns.

—¿Qué le pasó? —pregunta Martin.

La mujer del caballero le coloca el brazo sobre el hombro.

—No hables con él —le advierte.

—Sí hablaré con él —contesta Martin y le insiste a Thomanns, pues no le importa que ambos adultos sean tan posesivos con él—. Y bueno, ¿qué hizo?

Ambos quieren al niño y lo quieren para ellos mismos, pero Martin sólo le pertenece a su misión: encontrar a los niños secuestrados. No lo olvida, sin importar qué tan maternal se sienta la mano de la mujer en su nuca. Sin importar cuánto lo cautive el encantamiento de Thomanns. En las noches sigue compartiendo su cama con el gallo y no hay nada que lo haga olvidar cómo la mano de Godel colgó vacía en el aire cuando el caballero se llevó a la niña.

—Es una doncella de la princesa —le explica Thomanns en silencio—. Probablemente, demasiado bella y por eso una piedra en el zapato.

La mujer aprieta los labios y no dice nada. Coloca su mano en su vientre que ahora se abulta claramente. Está esperando otro hijo y muchas veces se siente mal.

—La princesa puede ser muy insoportable cuando alguien es más joven y más bella. —Algo que sucede cada vez con más frecuencia—. Por eso el árbol de mujeres da como fruto bellos cadáveres de vez en cuando. Qué desperdicio —suspira.

Dos hombres se acercan con una escalera. Uno de ellos lleva un largo cuchillo.

—Ahora la van a recolectar —dice Thomanns.

La esposa del caballero empieza a llorar.

—¿Para qué es el cuchillo? —pregunta Martin.

Lo entiende de inmediato: van a cortar el cabello enredado de manera inextricable para poder bajar el cadáver del árbol. Una última humillación para la muerta. Idea de la princesa, seguramente.

No obstante, Martin no lo permite. Ya ha subido por la escalera con una soga en la mano. Les da instrucciones a los hombres y la gente mira desde abajo. Colocan la soga alrededor de la cadera de la muerta, después avientan un extremo de la soga por encima de una rama y la jalan. Ahora el cuerpo se bambolea de la soga, ya no del cabello. Martin despide a los hombres y empieza a trepar por las ramas, ligero y ágil como un pájaro, para desenredar cabello por cabello de las ramas. Aun cuando empieza a llover con fuerza, se encarga hora tras hora de que la muerta pueda conservar sus rizos. Inevitablemente llora un poco mientras lo hace y, por supuesto, la gente solamente lo mira con asombro durante las primeras horas. Además, se sienten avergonzados porque hasta entonces no han tenido ellos mismos el valor de devolverles un poco de dignidad a las doncellas.

Es muy seguro que la princesa lleve un rato mirando desde sus ventanas al niño que se mueve por el árbol de mujeres. Qué alharaca. Pero le da lo mismo.

Bien sabe que se acerca el otoño. Pronto vendrán las grullas y habrá cosas más importantes que hacer. Y en ese momento se siente bastante bien, pues ha hecho un poco de limpieza entre sus doncellas y eso debería ser una lección para las otras. ¿Quién podía imaginarse que de una pupila huesuda y con granos en la cara pudiera surgir un cisne así? En el futuro tendrá más cuidado con quién acoge bajo su ala. O tal vez no. Después de todo, el árbol de mujeres es una ya entrañable tradición.

23

Entre los habitantes de la ciudad amurallada se propaga sin cesar una turbación que impregna sus acciones y pensamientos. Todos parecen estar en un estado febril y miran al cielo cada minuto.

—¿Qué está esperando la gente? —le pregunta Martin al gallo.

—Está por llegar el otoño —responde sin dudar el gallo.

—Nunca había visto a humanos esperar así el otoño —expone Martin—. ¿Por qué no reúnen provisiones?

Antes de que el gallo sobre su hombro pueda contestar, Thomanns aparece a su lado. Se acercó sigiloso como una serpiente. ¿Habrá escuchado al gallo?

—No sirve de nada prepararse —dice—. Llega de manera tan terrible que no sirve ni una compota de manzana, ni siquiera leche de ratones.

—¿Qué llega?

—Ay, muchacho —dice Thommans—. Deberías irte. Pero si no te vas, ahórrame los reclamos y no me culpes por no haberte advertido.

—¿Sobre qué me hubieras advertido? —pregunta Martin.

El bufón niega con la cabeza y se rehúsa a responder.

—¿Cómo le haces para que el gallo hable? —le inquiere—. Ventriloquía. ¿Por qué no me dijiste que la dominabas?

Martin no sabe lo que eso significa.

—Deberías presentarte con nosotros. Mañana mismo con la princesa. El último festival de este año. ¿Quieres?

El niño se emociona con la idea de entrar al castillo y ver a la princesa. Por supuesto que quiere. Thomanns lo toma de la mano.

—Vamos a repasarlo todo —dice y lo lleva al toldo. Primero va con las cabras y luego con los compañeros. Las cabras mastican zanahorias, los compañeros, cebollas. En sus rostros reinan las mismas expresiones sencillas. Pero uno de ellos llora y se frota durante largo rato los ojos. ¿Acaso será por la cebolla? Martin lo reconoce hasta que este baja las manos. Lo supuso unas cuantas veces desde lejos y ahora tiene la certeza. Es el niño horrible. El niño que se montó sobre su espalda y lo hizo atravesar el lodo. Durante este tiempo ha crecido, es casi un hombre. De huesos gruesos, fofo en la cadera, cabello erizado. Y la voz. ¿Dónde está ahora la luz que salía de su garganta? Martin se sobrepone a la extraña sensación de ya no avanzar en su viaje, sino retroceder. Como si de ahora en adelante todo se diera la vuelta o regresara. Martin mira fijamente al tipo horrible.

—Deja de llorar. Muéstrame lo que aprendiste hoy —le exige Thomanns.

El tipo horrible se sorbe los mocos, saca un poco de espuma de la boca, echa la cabeza de un lado a otro, bizquea y se hace el loco.

—¿Y quién va a querer ver eso? —suspira Thomanns—. ¿No podrías mejor recitar algunas rimas en francés?

—Sólo puedo hacer eso de la baba —se queja el muchacho—. Nadie me dijo que tenía que hablar francés.

—Está bien, está bien —lo tranquiliza el prestidigitador—. ¿Y qué más puedes hacer?

—Sabía cantar como un ángel —dice Martin.

—¿Lo conoces?

—Su voz era luz pura.

—Ya, ya. Y ahora puede pedorrearse cuando se le ordena.

—Sí puedo, ¡a sus órdenes! —exclama el chico y muestra su arte.

—Dios Todopoderoso —dice Thomanns.

—Incluso me sé una canción.

—Dios Santo es infinito en su misericordia, pero también incomprensible.

—¿Y ese qué puede hacer? —pregunta uno señalando a Martin.

—Él es entretenido —dice el prestidigitador—. Denle algo de vestir.

Cuando al poco rato Martin se presenta en pantalones coloridos y jubón bordado, algo parece no encajar.

—Pero si pareces un hijo mío —se lamenta Thomanns.

A la hora de la cena con la familia del caballero, Martin no avisa que se irá al día siguiente con Thomanns al castillo. Es amable como siempre. Va por la madera y ayuda al caballero a levantar las piernas enflaquecidas sobre la orilla de la cama, lo sostiene hasta que él mismo se puede sentar.

En la noche Martin apenas puede dormir. El desasosiego también está ahora en él. Cree escuchar cómo toda la ciudad se desliza y da vueltas en círculo, como uno de esos carruseles giratorios que se enroscan y después se desovillan.

Se queda dormido hasta que el día amanece.

24

—Si a la princesa le gusta nuestra presentación —dice Thomanns—, nos arrojarán pasteles.

—¿Pasteles? —pregunta Martin.

—Por favor, no me digas que nunca has comido uno.

Miran hacia el portón del castillo. El bufón, Martin, los compañeros, tres cabras. El centinela del polvo indica con la mirada primero a los artistas que pueden pasar, y después rápidamente le hace señas a Martin para que pase.

Una vez dentro, Martin siente que se le quiere parar el corazón. Por fin se está acercando a la solución del misterio. El piso empedrado hace que sus zuecos se traqueteen a cada paso junto con las pezuñas de las cabras. Hace frío entre los muros. Más frío que fuera. La atención de Martin está encendida y todo lo absorbe. Jarrones, muebles, sirvientes. Doncellas que se acomodan las faldas como si alguien se les hubiera metido debajo. Ratas que se deslizan rápidas por las esquinas. Hombres mutilados con bultos de cicatrices en la cara y extremidades faltantes. Ve a los caballeros. También fueron invitados al festival. Se han quitado las capas, pero Martin no ha olvidado su aspecto del día del río.

Pájaros coloridos cintilan en los altos techos con su plumaje amarillo y verde claro, y además cabecitas rojas rosadas y picos curvos. Están sentados sobre candeleros y respaldos de las sillas. Se rozan el pico, se arrancan las plumas. Plumones suaves vuelan por el aire como copos de nieve. Hay excremento de pájaro por todas partes; incluso ya todo el piso está salpicado. Grandes como las hojas de una puerta y enmarcadas en oro, las pinturas de las paredes son muy similares; el motivo se reduce siempre a lo mismo: una mujer con un recién nacido en los brazos. A la izquierda y a la derecha, se hallan dos niños serios bastante acicalados. El niño tiene unos ocho años y la niña probablemente diez, con una larga trenza rubia y tan parecida a la hija de Godel, como si fueran hermanas, como si fuera ella en todas las pinturas. ¿Cómo es posible?

—¿Quién es la señora? —Martin le pregunta en silencio al prestidigitador que chasquea y da pasos grandes por los pasillos.

—Es la princesa —murmura Thomanns y comenta con ironía—: nuestra eterna recién parida.

A Martin le da mucho frío. Pintura tras pintura. Pasillo tras pasillo. Los niños miran a Martin desde todas esas pinturas.

El salón. Llegan hasta él junto con los otros. Las doncellas y los caballeros. Los sirvientes con platones de frutas y torres de carne. Con los pájaros cantores que entran y salen volando. Todos se mueven ruidosos y se empujan para entrar en el salón lleno de velas y una atmósfera asquerosamente alegre que anuncia vino en exceso y miedo de estar muerto al día siguiente. En medio de la sala, una mesa larga.

Alguien aplaude con las manos. Las risitas disminuyen, los bulliciosos invitados buscan una esquina para descansar. Entonces se abre la cortina al otro lado de la habitación y entra una cama como empujada por la mano de un fantasma. «Qué pesadilla», piensa Martin.

Sobre la cama, la princesa. Ya vieja y pintada espantosamente. La boca demasiado roja, la piel fofa, blanca como la cal, con manchas redondas como un círculo sobre las mejillas. En el brazo sostiene —ella, quien ya desde hace mucho podría ser abuela— un bulto. Una criatura diminuta. Junto a ella están sentados los niños, vestidos y adiestrados. Ojos brillantes, con pupilas grandes dilatadas por la belladona, cuyo jugo los hace ser mansos y no tener voluntad y que, en demasía, los mataría. La niña se parece tanto a la hija de Godel. Pero no lo es. ¿Por qué está aquí sentada su viva imagen?

La princesa asiente benévola a su alrededor. Todo es pura fachada, mas Martin ya conoce la horrible mueca que hay detrás. ¿Qué hace con los niños? ¿Qué ha hecho con los niños durante todos estos años? Siempre la misma edad. La misma cara. Pero siempre nuevos. Siempre frescos.

Los reemplaza, comprende Martin. Los reemplaza tan pronto como crecen y cambian. Quizá porque ya no se corresponden con las estrictas pautas. Quizá porque causaron el desagrado de la princesa. Los cambia por niños nuevos. Y una y otra vez estos por otros niños nuevos. ¿Desde hace cuánto conoce Martin la historia del caballero que se lleva niños? ¿Desde hace cuánto tiempo lo hace la princesa?

Martin pierde el conocimiento y se desmaya, pero no cae gracias a que Thomanns lo sostiene. Se oye un murmullo y hay un poco de curiosidad. Al prestidigitador se le borra la sonrisa, pues ya había apostado por el chico. El gallo sale de la camisa de Martin. La princesa le hace una seña a Thomanns.

—¿Qué tiene el chico? —pregunta con tanta suavidad como si deseara poder ser así todos los días. Suave y encantadora, si tan sólo no hubiera tanto qué hacer y no estuviera rodeada de súbditos tontos.

—¿Quién es él? No lo conozco.

Thomanns sostiene al chico inconsciente. Es tan ligero. El hombre sigue buscando las palabras adecuadas que podrían gustarle a la princesa, cuando en ese momento responde el gallo:

—Es el niño que rescató al caballero.

La princesa mira al gallo. Entonces lanza un chillido de terror o quizá de entusiasmo. Demasiados colores en la cara como para que la verdadera emoción sea claramente descifrable. «¿Quién es ahora la que hace de bufón?», piensa el prestidigitador.

—¡Qué cosa tan maravillosa! —exclama la princesa— ¿Puede decir más cosas?

—No estás escuchando —insiste el gallo—. El niño rescató al caballero. Él es un héroe.

La princesa se ríe con estridencia.

—¡Magnífico! ¡Fabuloso! —y alaba a Thomanns— ¡Qué divertido!

—Sí —responde éste y no sabe qué está pasando. ¿Quién está hablando en este momento? El niño tiene los ojos en blanco. Su respiración disminuye. ¿Cómo está haciendo ventriloquía? El gallo aletea. La princesa tose. El recién nacido se mece de un lado a otro sobre su pecho. Los niños sobre la colcha miran al vacío con los ojos titilantes.

—Qué niños tan bellos tiene —dice el gallo.

—¡Un lambiscón! —se ríe la vieja.

La sonrisa de Thomanns se tuerce y hace una bonita reverencia. ¿Qué más puede hacer? Entonces, Martin se despierta. Podría decirse que el desmayo es por debilidad. No es así. Martin se despierta con pensamientos claros y con el corazón más fuerte. Ahora se encuentra consigo mismo de nuevo y con una verdad que está más allá de la precaución. Así que se inclina con torpeza y dice:

—En los niños puede verse cómo pasa el tiempo.

Vaya impertinencia decir eso. Es impensable hablar acerca de la desgracia en la que la princesa se ha ensimismado.

—¿Estás loco? —bufa Thomanns mientras Martin tiene que hacer un esfuerzo para mantener la cabeza erguida. En cambio, ya no le causa ningún esfuerzo ir por el camino que le ha marcado el destino. Paso por paso, hasta que haya hecho lo que debe hacer.

La facha hasta entonces alegre de la princesa se desmorona. El color blanco se cae a pedazos de las mejillas.

—Suficiente parloteo —dice.

Thomanns hace a Martin a un lado. El hombre conoce a la princesa. No actúa de manera impulsiva. Le gusta planear el tipo de castigo. Puede ser muy creativa cuando se trata de vengar una ofensa, de tal manera que esta quede redimida para siempre. Quizá el resto de la presentación pueda atenuar el castigo. Rápidamente hace una seña a los compañeros para comenzar con su ración de tonteras.

Comienzan a hacer malabares sobre la mesa y los bancos con todo lo que les cae en las manos. Thomanns también manda a las cabras, que dan brincos sobre la mesa sin pisar un solo plato, sin tirar una copa. Si bien es cierto que una hace bolitas de popó entre las uvas negras, por un encantador momento logran pararse las tres una sobre otra. Hasta arriba, la cabra con los tres ojos. La coronación de todas las creaturas. Su balido triunfante les cala a todos hasta los huesos.

Pronto se acaba ese instante, pues las cabras olvidan que están amaestradas y que son encantadoras. En vez de eso, se echan a correr. Dos de las doncellas pierden sus incisivos por las patadas. Uno de los candelabros de cristal empieza a tambalearse. El cristal se hace añicos. Toda la comitiva empieza a moverse. Por aquí está salpicando la sangre de las doncellas, allá un mantel quemándose, las cabras brincando por todas partes, los malabaristas intentando atraparlas. Todo lo que puede romperse se rompe.

Al principio Thomanns trata de intervenir, después comprende que la oportunidad de hacerlo se ha perdido sin remedio. También quizá como su vida. Pero ¿no da lo mismo si el caos es tan maravillosamente divertido?

Entretanto, la cabra de tres ojos logra dar un salto sobre la cama de la princesa. ¿Cómo no quererla por eso? Hasta ahora la princesa ha encontrado placer en el alboroto. ¿Pues qué son unos platos, los dientes de una doncella, qué es todo frente a la exquisitez de un buen chiste, frente a una risa que es tan rara entre todas estas horas aburridas como princesa? Este aburrimiento sólo se distiende por medio de la crueldad, ya que la crueldad es simple. Incluso le parece divertido que la cabra haya trepado a la cama hasta que el animal levanta de repente con sus fuertes labios al recién nacido, lo arranca de los brazos de la princesa y se escapa de un brinco.

Thomanns en verdad brama de risa. Martin se asombra de lo ágil que la cabra brinca con el muñeco... porque sí... es un muñeco y todo mundo lo ha visto. ¿No será que tendrán que sacarles los ojos a todos? Obviamente saben que la princesa no da a luz todos los años a los recién nacidos que lleva a todas partes consigo. No obstante, saber no es lo mismo que ver. Y es un tabú ver lo sabido, hablar de ello, pensar en ello o soñar con ello. Uno tendría que pagar por eso con la muerte. Por tal razón nadie se atreve a detener a la cabra. Nadie se atreve a agarrar el muñeco, la preciosa joya de la princesa.

La princesa suelta un grito y es el momento en el que el prestidigitador decide sacrificarse, ya que nunca experimentará un mejor chiste que este. Tan bueno que vale la pena morirse.

Toma a la cabra, envuelve al muñeco en una sábana y se acerca a la princesa. El color de su cara está corrido por lágrimas de risa. En el rostro de la princesa también hay huellas. Cuán parecidos son. Como veteranos de una historia en común. Como los sobrevivientes de una época agonizante.

Y ahora, el final.

Con cuidado le coloca el muñeco en el brazo.

—Te llevaré ante el verdugo —pronuncia ella con la voz temblando.

—Mmm —dice Thomanns—. Pero eso será un poco difícil.

La princesa se da cuenta de que no ha pensado bien el asunto. El bufón es el verdugo. ¿Quién decidió dicho disparate?

—No hay vuelta atrás —advierte ella.

—Pero tampoco podemos ir hacia delante. Porque el suicidio es un pecado mortal.

Si bien es cierto que en el castillo no son precisamente versados en la Biblia, por lo menos tienen una idea de lo que es un pecado mortal.

—Le preguntaré a mi consejo —dice la princesa.

—Tu consejo es muy tonto. ¿Vagará durante la eternidad mi alma de prestidigitador en el infierno? Preguntémosle al niño. Eso es inteligente —recomienda y señala a Martin.

Pero entonces, antes de que la tosigosa princesa pueda pensar en acordarse del niño y quizás también condenarlo a muerte por su impertinencia, se escuchan unos inconfundibles gritos en el cielo.

Martin conoce el sonido. El otoño resuena por el mundo. Los ojos de la princesa se ponen lechosos.

—Las grullas —dice afónica—. Ya vienen las grullas.

25

Dos grupos de aves migratorias deben volar sobre las montañas para encontrar el camino hacia el sur. Vuelan bajo y casi rozan los almenares del castillo. Plumas llueven sobre el patio. Las formaciones se entrecruzan, se juntan y se separan. Algunas aves vuelan alejadas y se incorporan de nueva cuenta. Sus llamadas causan tristeza, como si contaran sobre un mundo más bello que siempre será inalcanzable para los habitantes del castillo. Y eso es cierto. Cuántos son y cuán cerca están para tomarlos.

Martin mira y mira. También los otros han salido de las casas. Aquí y allá se toman del brazo, intentan brindarse consuelo. La mujer del caballero acaricia su vientre.

—¿En dónde estuviste? —le pregunta a Martin.

Martin no encuentra palabras. Ella lo aparta de Thomanns que marcha hacia su toldo silbando como si tuviera un buen día y no lo hubieran recién sentenciado a muerte. No se voltea hacia Martin.

En casa el caballero está furioso, sentado a la orilla de la cama apoyándose con los brazos. Tiene dispuesto un bastón. ¿Está practicando levantarse? ¿Y por qué precisamente hoy? El sudor le corre al caballero por las sienes, a pesar de que adentro hace mucho frío. Martin mira el fuego y se dispone a alimentarlo.

—Usa menos leña —pide la mujer—. Ahora sólo puedes tomar la mitad de todo lo que normalmente usas, bebes o comes.

—¿Qué está pasando? —pregunta Martin.

—Los caballeros se marchan —contesta ella.

—Van a cerrar el portón —aclara el hombre—. Ya no habrá mercancía ni comerciantes. Nada de caza de animales, de pescados del río ni patos. Nada de fuera hasta que regresen los hombres.

—¿Por qué? —pregunta Martin.

El caballero se queda callado mirando fijamente las débiles brasas.

—Una maldición —dice la cansada mujer—. Parece que siempre ha sido así. La migración de las grullas anuncia la llegada de tiempos oscuros. Debemos expiar. Sólo expiando y manteniéndonos juntos podemos enfrentar a los demonios. Entonces regresan los caballeros y todo empieza otra vez desde el principio. De ser posible, más bello. Según dice la princesa.

«La princesa está loca», piensa Martin. «Y los locos inventan reglas locas».

—Es tu última oportunidad para irte —le advierte el caballero de manera insistente—. Ya nadie te dejará salir después.

—No me quiero ir —responde Martin. Aún no. No hasta haberle puesto fin a esto.

—Una boca más —protesta el caballero.

—No necesita mucho —replica la mujer.

—Puedo ayudar —contesta Martin.

—Ya nos ayudas —dice la mujer.

Martin piensa en los niños que viven allá fuera, que están con sus padres y que se creen seguros. Hasta que los caballeros los encuentren y su destino se vea atado al de los habitantes del castillo.

«Qué terrible», piensa Martin, «qué insoportable».

Los caballeros se reúnen en el patio. Los cascos de los caballos rascan las piedras delante del portón. No es posible adivinar lo que piensa el caballero que se queda. Su mirada está volcada hacia dentro. ¿Busca en su corazón a los niños que él mismo ha encontrado y que se ha llevado? ¿A cuántos ha secuestrado? ¿Cuántos carga en su conciencia?

—La mitad de todo —dice Martin en silencio y cuenta las papas, mientras afuera cierran el gran portón cuyas bisagras rechinan como si anunciaran la ruina.

26

No se puede explicar cómo es. Uno quisiera cerrar los ojos. Cada semana sería preferible ser ciego o sordo para no tener que ver la lenta descomposición. Con el más pequeño parpadeo entra al alma una imagen y la contamina. Durante las noches los demonios y espíritus salen a cazar por el patio del castillo. Se escuchan los chillidos delante de las puertas, nadie encuentra sosiego. Martin sabe muy bien que la princesa manda a estos demonios. Los envía para que nadie ponga en duda sus decisiones.

Hay mucho miedo a un incendio. No se puede ir a ninguna parte. Durante el día, una espesa niebla rodea el castillo. No existe ningún otro mundo más que el que se encuentra entre las chozas. Y el orden fenece. La gente se ahoga en sus inmundicias.

Del castillo salen consejeros que leen comunicados. Deben enfrentar juntos la maldición. Hay porciones de sopa en la que apenas nadan verduras en el caldo. Ni por asomo tiene carne. De las manzanas que se reparten, la putrefacción del otoño descompone la pulpa. El pan que la princesa hace aventar desde las ventanas podría fulminar enemigos de tan duro que está.

—Por eso nadie puede conquistarnos —bromea Thomanns, quien da retoques sin cesar a su toldo que se agita por el viento, por lo que pronto pilló una tos que lo hace ladrar como un perro del infierno.

—Debo trabajar más rápido —le dice a Martin—. Si no me apresuro es probable que la tos me mate antes de que pueda ser mi propio verdugo.

—¿Y no es eso, de hecho, lo mismo? —pregunta Martin.

—Deberías haber sido filósofo —dice Thomanns sin revelar lo que en realidad está construyendo. Fuera de Martin, a nadie le importa. Los otros lo han olvidado porque ya no vaga por ahí ni hace chistes. O porque todos tienen suficiente consigo mismos. ¿Vale la pena levantarse de la cama? ¿Tiene sentido ser amable con el vecino? Si aún no está claro quién sobrevivirá estos tiempos oscuros.

Martin camina tomado de la mano del hambre, como si fuera una vieja amiga de toda la vida. También el caballero se ríe del hambre y dice que por lo menos su cuerpo no será tan pesado. Intenta ponerse de pie. Todos los días practica y se levanta con su bastón. No quiere ir a ningún lado y no podría hacerlo de todos modos; sólo quiere dar la apariencia de ya estar sano y fuerte, y ser capaz de defenderse de todo.

Es que hay que ser capaz de defenderse y estar alerta. La desesperanza del lugar, los tiempos atemorizantes hacen que muchos rápidamente se vuelvan malvados. A menudo, alguien empuja la puerta y prueba a ver qué le responden. Pronto se atreverán a preguntar por provisiones escondidas, ya que se empieza a dudar que el caballero pueda proteger a su mujer y a sus hijos. Si se es demasiado débil, le arrebatarán a uno todo con lo que puedan cargar. Simplemente porque da lo mismo.

—Porque en estos tiempos sólo sobrevive la moral más baja, pues la bondad y el honor comen demasiado —sentencia el caballero.

—Existen excepciones —replica Martin.

—Existen excepciones —repite el caballero.

Y como aquí y allá aparecen cada vez con más frecuencia los rostros de los curiosos en la ventana, murmurando mientras se deslizan alrededor de la casa y rascan en las delgadas paredes, el caballero se arrastra hasta la puerta.

—Ponte detrás de mí y sostenme —le dice a Martin.

El chico lo hace, empuja su espalda contra el pesado hombre que coloca el bastón a un lado y abre la puerta de un golpe.

Los buscapleitos —el caballero los conoce a todos— dan un brinco unos metros hacia atrás y lucen bastante asustados. Pero al instante regresan de nuevo. El caballero se mantiene derecho. Los brazos relajadamente cruzados, las piernas bien apoyadas sobre el piso. Como si nada.

—Qué tal, caballerito —dice uno de los insolentes —. Hace mucho que no se te ve tan animado.

—¿Qué quieres? —pregunta el caballero.

—Sólo saber cómo te va. Uno se pone a pensar cosas.

—Eso no es por lo general tu fuerte. Eso de pensar.

El otro sonríe con ironía.

—Nada más digo. Generalmente estabas de viaje. Te ibas en el corcel y eso. Y tanto que te esperábamos, muchacho, muchacho. Y ahora tú mismo debes esperar y estar aquí varado. Eso no lo puede asimilar cualquiera así de fácil.

—Ajá —dice el caballero—. ¿Algo más?

—¿Eh? —duda el otro.

—¿No? —pregunta el caballero—. Te voy a decir una cosa. Si te veo a ti o a los tuyos cerca de mi familia otra vez, nunca más verás el sol, porque tus ojos se habrán apagado.

La sonrisa del otro se congela. De alguna manera se había imaginado la tarde muy diferente.

El caballero cierra la puerta con toda calma. Y qué bueno, pues Martin no puede sostenerlo ni un segundo más. Él mismo tampoco puede estar en pie más tiempo. Logran llegar hasta la orilla de la cama y ahí se ríen un poco sobre las caras tontas.

En la noche Martin se levanta de un susto. La mujer se lamenta y anda a tientas por la habitación.

—Ya va a nacer el niño —le confiesa a Martin, quien se lleva las manos a la boca, de tanta alegría.

—¡Qué hermoso! —dice.

«Este muchacho tan puro», piensa la mujer agradecida y se echa a llorar. «Sí, sería bello si tan sólo no ocurriera aquí en este castillo, en la noche y en estos terribles tiempos».

—¿Qué debo hacer? —pregunta Martin.

—Debes ir por la partera —responde el caballero.

—No puede salir. Está prohibido —dice la mujer.

—Necesitas a la partera —insiste el caballero.

—Ya he dado a luz a varios niños —replica la mujer.

—Entonces soy yo quien necesita a la partera —dice él.

—Pero los espíritus... —gime la mujer y se sostiene la parte baja del vientre.

—No me importa —dice Martin—. De verdad. Voy a ir —y ya está en la puerta. No necesita luz y de cualquier manera no hubiera tenido una. Afuera el patio se encuentra bajo una noche que no es negra sino grisácea porque la neblina opaca la luz de las estrellas. Las nubes las ocultan desde hace varias semanas. La nieve y el hielo penden aferrados en la noche.

La partera vive al otro lado del patio. Su casa está recargada contra la casa del prestidigitador, del verdugo. «Vaya, las cosas que van de la mano», piensa Martin y camina encogido entre las chozas. Escucha aullar a los espíritus, pero no cree en ellos. Piensa que sólo son simulaciones, tal vez son muñecos para meter miedo a los habitantes del castillo y mantenerlos en jaque. Quizá también sea que a la princesa le divierte la crueldad.

Y de repente termina asustándose, pues se abre la angosta puerta junto al portón del castillo, por donde nadie tiene permitido salir o entrar hasta que regresen los caballeros. ¿Y qué es lo que ve? A un cazador del reino que se desliza por el patio hacia el castillo. Lleva como botín dos faisanes sobre el hombro, patos y una liebre. Tampoco tiene miedo de que lo pillen los espíritus, a pesar de que estos gimen poniéndole a uno los pelos de punta. Nadie se atreve a mirar, y así nadie se da cuenta de lo que Martin sabe ahora y que desde hace mucho había sospechado. Que la princesa no sufre hambre como los demás. Ella está muy bien abastecida.

El chico siente mucho enojo. Pronto llega con la partera y toca, pero desde dentro suena un chillido y pasa mucho tiempo antes de que la partera comprenda la petición de Martin. Y pasa más tiempo aún para que él se resigne a su respuesta. No lo acompañará. Tiene miedo y prefiere esconderse debajo de su cama.

—¡Pero debes venir! —grita Martin. Entonces la partera se tapa los oídos con las manos y canta el mismo rezo una y otra vez, el mismo, pues los otros se le han olvidado por el miedo. Y piensa que si aprieta lo suficiente los ojos, también desaparecerá ese granuja de chico.

—No vendrá —dice Martin cuando está de nuevo con la mujer y el caballero. Así que tendrán que hacerlo ellos solos. Martin está lleno de valentía, con esa confianza en un mundo que sólo existe dentro de él. Esa misma confianza insufla al niño a quien le cuesta dar el primer aliento. Y cuando por fin lo logran y Martin puede cargar al pequeño ser, le ponen su nombre.

27

Esto tiene que ser el final. ¿Qué más puede venir? ¿Cómo se podrá restaurar la dignidad? E incluso si eso fuera posible, el próximo otoño, la siguiente migración de grullas dará lugar a la miseria otra vez.

La mujer y los niños yacen en los brazos del caballero. Se ha vuelto correoso. Gris y viejo. Mantiene los ojos en la puerta. Pero desde hace mucho ya nadie los molesta. Falta fuerza para las infamias.

—Nunca ha durado tanto —dice la mujer, que no deja de dar el pecho al bebé y a los otros niños para que no lloren de hambre.

«Claro que nunca ha durado tanto», Martin quisiera decir. Antes el inteligente caballero les había ayudado también. El mismo hombre que ahora protege a su familia con sus últimas fuerzas y que lucha con su conciencia. ¿Qué monstruos lo mantendrán despierto?

Incluso el gallo ha enflaquecido y habla rara vez. En las noches, cuando el desasosiego no deja dormir a Martin, el gallo le repite las palabras de consuelo: «Pondrás fin a esto, Martin. Le pondrás fin a esto».

Y entonces una mañana suena la gran campana y las flacas figuras salen de sus casas trastabillando. Mejillas huecas y torsos hundidos. Los nervios destrozados por los gritos nocturnos de los espíritus. Y los ojos tristes, pues hace tiempo que no han visto nada bello ni nada agradable. A toda hora la niebla es tan densa alrededor del castillo que no deja pasar la luz ni es posible vislumbrar ningún panorama, y eso los hace pensar que sólo existe este patio lodoso hasta el final de los días. Ya no arden las ganas de vivir. Con todo, la campana suena y ellos llegan.

También la princesa sale a su balcón y mira hacia abajo el limbo miserable que ha creado. Lo que tiene que soportar. El hedor de allá abajo. Sostiene un pañuelo sobre su nariz.

Allí está parado Thomanns. Sólo una flaca sombra de sí mismo. Lleva el cabello tijereteado. Lo reconocen por su pantalón bicolor. Martin es el primero en llegar con él. Thomanns ha construido algo. Ha ideado y construido pieza por pieza algo que de momento no tiene sentido. Va muy erguido. Con una camisa de mangas abombadas recibe a su enfermo y cansado público. Hace una inclinación hacia el balcón.

—Ya es hora —exclama orgulloso. Y su voz llega bastante lejos. ¿De dónde saca las fuerzas? Ya sólo las necesita para esta ocasión.

El caballero permanece en la puerta. También la mujer y los niños. Pero los demás logran llegar hasta él.

—Sí, vamos, acérquense. Ustedes son mis preferidos. Por ustedes he pasado las noches en vela, me he quebrado la cabeza, aunque no tuviera mucho dentro. —Sonríe con ironía. «¿Dónde están sus dientes?», se pregunta Martin.

—Sí, nuestra querida princesa. —Hace una seña hacia el balcón. Ella no se mueve—. Me ha encomendado una tarea complicada. Debería consumar la sentencia de muerte contra mí mismo; y a la vez la ley no me permite suicidarme.

No todos entienden de inmediato la paradoja, pero eso no tiene importancia.

Marie se acerca. El paso de las semanas no le ha hecho nada. Está tan despeinada y es tan amable como antes.

—Qué lindo que todos ustedes hayan venido —dice y se pasea sonriente entre la gente como si dirigiera la corte.

—Disfrútenlo —exclama Thomanns y le besa a Marie la mano al pasar a su lado—. Di lo mejor de mí. Cuéntenle eso a sus hijos. Y a los hijos de sus hijos. Y a los hijos de sus hijos de sus hijos, pues hoy Thomanns aprenderá a volar.

Marie aplaude y suelta una risita.

Thomanns se para delante de una tabla con forma de pala, chasquea los dedos y entonces llega saltando la cabra con los tres ojos. Esta empieza a roer una cuerda que fue sumergida en un líquido. Agua azucarada. Seguro Thomanns la sacó de la magra ración que le correspondía. Todos miran. El prestidigitador sonríe. Ya no mira a Martin. Sólo ve el conciliador vacío delante de sí y espera.

Apenas la cabra termina de morder la soga, cuando se genera una reacción en la estructura y los objetos; estos a su vez producen otra; y esta, otra a su vez; y otra más. Un montón de alegres eventos se pone en movimiento. Una cubeta cae, el agua se derrama e impulsa una rueda, una piedra cae pesadamente dentro de un cuenco con pintura roja, la salpicadura alcanza al público, pañuelos coloridos bailan arriba y abajo, polvo rosa colorea la neblina. Marie aplaude entusiasmada. Y la función continúa. Las brasas se convierten en una llama, los cordones se encienden como si las luces se precipitaran hacia arriba con un objetivo. Unas esferas se ponen en marcha y ruedan en una trayectoria hacia arriba; un pequeño mecanismo para moler cosas —quizá hecho de los dientes del prestidigitador— tritura un cordón y, mientras todos miran asombrados y poco a poco encuentran sus sonrisas de nuevo, se extiende en el rostro del prestidigitador una paz que no deja de crecer. «Pronto lo habrá logrado», piensa Martin.

Y al siguiente instante una piedra, grande y pesada como la bala de un cañón, cae de golpe sobre la cuña alineada y con un solo movimiento enérgico la tabla con forma de pala lanza a Thomanns por encima del muro del castillo hacia la niebla.

Todo resulta tan desconcertante que incluso el tiempo quisiera detenerse. «Y Thomanns aprendió a volar», piensa Martin. «Y se muere sin nosotros».

Durante largo rato, los demás siguen mirando la nada en la que desapareció el bufón. No pueden creerlo. Durante mucho esperan para saber si fue sólo un chiste y Thomanns regresa dentro de poco arrastrándose por encima del muro para verles la cara de tontos. Pero no regresa. Finalmente, la princesa encoge los hombros y está a punto de dejar el balcón.

Martin sigue mirando la niebla mientras los demás renuncian poco a poco a esperar a Thomanns y quieren continuar sintiendo su desconsuelo. Pero allí... Martin es el primero en verlo.

—Miren —dice en voz baja—. ¿No lo ven?

¿No ven cómo se disipa la niebla? ¿Les ha jugado el prestidigitador una farsa? ¿Con su vuelo ha desgarrado un hoyo en la pared? Tal vez en el tiempo. ¿No ven cómo el sol centellea detrás de las cortinas? Un resplandeciente día claro se muestra. Más claro que todas las luces de las semanas pasadas. Y rápidamente se aclara cada vez más. Qué buena es la luz. Y bella. Todos dicen «ah» y «oh». Y quizá entretanto ya sea primavera. ¿Siguen allí las montañas? Alrededor de estas, los peñascos y desfiladeros y praderas familiares en el valle. Allá atrás, los bosques, el cielo azul, un mundo que creían perdido. Todos se pelean por un lugar, por un vistazo, todos quieren ver lo que está pasando, se miran riendo el uno al otro, y después, ven realmente a cinco caballeros que suben por el camino en sus monturas.

—¡Ya vienen los caballeros! —exclaman y se regocijan y se lanzan a los brazos del otro de tal manera que los piojos se confunden por completo.

Sólo Martin se queda helado. Pues sabe que han encontrado a los niños. Traen a los niños al castillo.

Los habitantes están tan debilitados que apenas si pueden abrir el portón. Poco a poco entran los caballeros. Todos esperan. Sólo Marie sigue parada junto al muro y se pregunta en dónde está su hermano, y también se ríe porque se vio muy gracioso cuando voló.

Los caballeros llegan al patio. Asienten benévolos, y algo asustados, ante los rostros demacrados. Sí, tardaron mucho tiempo. Algunos intentos salieron mal. Uno u otro caso de secuestro no salió bien. Hubo riñas entre ellos. Desacuerdos. Y finalmente lo lograron. ¿Bajo qué capa esconden a la niña? ¿Bajo cuál, al niño?

Pero allí hay alguien más a quien los caballeros han traído. Está sentado en el último caballo. Éste lleva consigo un fardo manchado, y cuando Martin lo ve, lo reconoce de inmediato. El pintor.

Martin quiere gritar, pero una sensación se derrama dentro de él, como si fuera a ahogarse en esta. Al principio no sale ni un sonido, pero después:

—¡Pintor! —grita Martin.

Y quisiera correr hacia él, mas las piernas no lo obedecen. ¿Han echado raíz sobre esta tierra vil?

¿Lleva tanto tiempo Martin aquí que ya es ahora parte del castillo, una parte del destino de esta comunidad?

—¡Pintor! —Martin grita de nuevo.

Y este lo escucha. Mira al muchacho entre todas las demás personas. Se desliza al instante del lomo del caballo y corre hacia el niño. Grita su nombre. Lo abraza, lo levanta. Esta familiar ligereza. La frágil criatura. Los ojos bondadosos.

—Y vengo a encontrarte aquí —dice el pintor y no se da cuenta de que le salen lágrimas. Martin sonríe. No se hubiera atrevido a tener esperanzas de volver a ver al pintor.

Los caballeros miran esto un rato, entonces se impacientan y le exigen al pintor que se apresure.

—¡La princesa espera! —gritan.

El pintor hace una señal con la mano.

—Ya sabes cómo es, Martin —añade—. Siempre me llegan los encargos más locos.

—No tienes idea cuánto —confirma el niño.

Los caballeros le insisten de nuevo al pintor. Martin no puede ir con ellos, así que lo hacen a un lado. No quieren compartir su botín. Sin embargo, el pintor y el chico bien saben que únicamente los separa el muro del castillo. Ahora están en un sólo lugar.

—¡Yo te alcanzo! —le grita Martin al pintor.

—¿Ése era tu padre? —le pregunta la mujer más tarde en la habitación.

Martin mira el pan que la princesa hizo repartir. Pan y manzanas, y para todos un pedazo de tocino.

Niega con la cabeza. Él tuvo un padre. Y ya es hora.

—Explícame el juego del sueño —le pide Martin.

28

Pasadas unas pocas semanas del inicio de la primavera, apenas se les notan a los habitantes del castillo los sufrimientos del tiempo oscuro. Los comerciantes ya están en camino. La princesa regala animales a fin de criarlos para que den leche y huevos. Es asombroso lo rápido que olvidan todos, lo rápido que todos se recuperan. Las noches tranquilas son curativas. También de nuevo hay fuerza para limpiar, para eliminar la inmundicia. Y ya que hay de nuevo un bello flujo de vida, se pueden hacer audiciones para el juego del sueño.

Llegan campesinos, pastores y ciudadanos de mediana categoría para registrarse y presentar sus deseos. Quien gane el juego del sueño podrá formularle su deseo a la princesa y, sin más, este se le concederá. Por lo menos esa es la idea. Pero no hay que fiarse demasiado.

Han colocado un púlpito delante del portón que da al interior del castillo. Un escribano y su peón esperan a aquellos que quieran participar en el juego. Administran la esperanza. Hay una larga fila de solicitantes. No dejan pasar a todos. Rechazan a los bebedores, pues sólo son una molestia. Por supuesto, tampoco admiten a las mujeres, que podrían crear confusiones. Los quejumbrosos que ya desde su solicitud manifiestan su desesperación son molestos y también son rechazados.

Nunca antes se había registrado un niño. Así que se sienten desconcertados cuando le toca su turno a Martin en la fila.

—¿Cómo te llamas? —le pregunta el escribano en el púlpito de madera. Detrás de Martin esperan unos diez hombres.

—Martin.

—¿Cuántos años tienes?

Martin no sabe. El escribano lo examina como un experto. Los bellos ojos en los que el dolor ha aumentado, pero en los que aún habita la inocencia. Las extremidades, largas y delgadas.

—¿Trece, catorce?

Martin asiente. Está tan nervioso que su boca está por completo seca. El escribano anota la cifra.

—¿Y cuál es tu deseo? —pregunta después.

—Quiero hablar con la princesa.

—Todos quieren hacerlo. Pero dime ¿cuál es tu deseo?

—Se lo quiero decir a ella.

—Pero primero yo debo anotarlo.

—¿Para qué? —pregunta Martin.

—Para que pueda notificarlo.

—Esto es si gano.

—En caso de que ganes yo podría anunciarte —dice el escribano y tamborilea con los dedos sobre el púlpito.

—¿Qué tan probable te parece que yo gane? —pregunta Martin.

—Nada probable.

—Entonces es del todo innecesario que lo anotes.

Los hombres detrás de él gruñen. El escribano suspira.

—Aún te hace falta alguien que responda por ti.

Martin no entiende.

—Alguien que se haga responsable de los daños que puedas ocasionar durante el juego. Alguien que nos garantice que tus intenciones son honorables. Alguien que limpie si decidieras matarte.

Martin está desconcertado. ¿Qué diablos significa eso? El escribano gesticula con su pluma.

—No lo sé —dice Martin.

—Así que no tienes a nadie. —Se molesta el escribano y trata de despedir al chico.

—Yo puedo responder por él.

Una voz. La mujer del caballero. Lleva puesto su mejor vestido. Está derecha como una vela y es tan bonita.

—Vaya. —Se sorprende el escribano—. Pero si eres una mujer.

—Qué listo eres —dice la mujer.

—Por eso no cuenta que respondas por él.

La mujer se ríe; no así el escribano.

—¿Es en serio? —replica ella.

—Las mujeres no cuentan.

—Pero si la princesa es una mujer —aclara Martin.

—No le digas mujer —murmura el escribano.

—Entonces responderé yo —resuena otra voz.

La gente abre el paso y el caballero llega cojeando, apoyado pesadamente sobre su bastón. Sin duda su palabra sí cuenta, pero no puede firmar, pues confiesa que no sabe escribir. Entonces lo hace su mujer y el escribano se ofende.

Así que Martin puede participar en el juego del sueño.

29

Todos los que tienen permitido participar son organizados en el interior del castillo. Se reparten camisas blancas. Martin se pone la suya, que es demasiado grande por supuesto. «Ahora me veré como un fantasma», piensa.

Bastante rápido les leen las reglas a los participantes. Deben pasar el mayor tiempo sin dormir. Quien se duerma queda fuera. Pueden comer y beber durante el juego; pueden platicar, jugar cartas, entretenerse. Se vigilará estrictamente a los jugadores, estarán bajo continua supervisión. Se les desea buena suerte.

Durante las primeras doce horas, los participantes están al acecho, traban asociaciones de conveniencia, platican los unos con los otros. Algunos tontean por ahí, quizá su deseo no es tan importante. Es posible que sólo hayan perdido una apuesta. También hay quien habla con Martin. Le dan consejos. Le recomiendan que es mejor que se dé por vencido de una vez.

Tras las primeras veinticuatro horas, dos se quedan dormidos porque comieron y bebieron mucho. Los guardias los sacan del salón; todos los demás pueden cambiar de habitación.

A Martin le arden los ojos y se los frota con frecuencia.

—¿Estás bien? —pregunta el gallo.

—Estoy bien —dice Martin.

—Habla conmigo. Debes hablar conmigo para mantenerte despierto.

—Van a pensar que estoy loco —responde Martin y piensa sin interrupción en su padre. Ahora sabe que debió haber llevado una camisa como esta. ¿Podrá haber sido esta misma que tiene los puños ya desgastados? Una rasgadura remendada sobre el pecho. ¿Se quedó aquí el padre con la camisa? ¿También recorrió las habitaciones para mantenerse despierto? ¿Solamente se sentaba cuando se sentía muy bien o cuando quería comer algo? ¿Observó las pinturas y descubrió los agujeros en estas por los que unos ojos bizcos miraban sin cesar? ¿También sintió que al pensar empezaba a vibrar? Un dolor que le levantaba el cuero cabelludo.

Después de treinta y seis horas todos hablan de manera confusa. También se ríen. Se vuelven asustadizos y arman alboroto porque ya no pueden controlar sus movimientos. Algunos comienzan a dormitar y recuestan las cabezas sobre las frías bancas de mármol que están frente a la ventana; otros se duermen parados. Los guardias los despiertan de una patada en el trasero. Se arma una gritería cuando los echan.

Martin da vuelta tras vuelta a lo largo de las paredes de la habitación. Deja que sus dedos se deslicen sobre los objetos hasta que se saben de memoria el orden.

De nuevo cambian de habitación. La siguiente está llena de pinturas colgadas. En estas aparece siempre la princesa con niños. Desde todos lados mira desde arriba el rostro duro y burlón a los muertos de sueño que se tambalean y balbucean y los que se dan bofetones entre sí para mantenerse despiertos.

El gallo pellizca a Martin por debajo de la camisa. Al niño le empieza a dar fiebre. Bebe mucha agua y también se la echa sobre la cabeza, que le duele tanto y que quisiera quitarse. Las sombras debajo de sus ojos son grises. Los guardias lo observan con mucha atención. Pero Martin resiste y a veces desearía que no fuera así, pues poco a poco comienza a devorarlo un miedo que nunca antes había conocido.

—No es tu miedo —dice el gallo—. Es el miedo de los niños.

Un miedo terrible que habita en los ojos de los niños representados en cada una de estas pinturas. Princesa con niños y perro. Princesa con niños en el prado. Princesa con niños estudiando en sus libros, en vestimentas lujosas, tocando instrumentos, cabalgando. Y los niños se ven siempre igual, pero Martin sabe que siempre son otros. Registra las pinturas buscando a la hija de Godel, compara la forma de los ojos y la curva de los labios, pero no encuentra a la niña, y en algún momento ya no sabe con exactitud qué la hace diferente de las demás. Entonces rompe en llanto.

—He olvidado cómo se ve —solloza.

El miedo de los niños se filtra fuera de las pinturas como plomo, llena la habitación hasta que Martin huye a una silla horrorizado, de ahí a una mesa y después intenta trepar por la pared. Al hacerlo desgarra la costura remendada de la camisa y el ruido hace que vuelva en sí.

—Exactamente así —dice el gallo—. Exactamente así se volvió loco tu padre.

Al amanecer uno se precipita por la ventana de la torre. Otro golpea su frente contra la pared de piedra hasta que la sangre corre sobre sus ojos.

—Eso deberá ser suficiente —dice triunfante. Sin embargo, se queda dormido de inmediato.

El cuarto día la cabeza de Martin parece estar en llamas y su corazón vacila. Le cuesta trabajo respirar. Lo que fue tan normal durante su vida entera le parece ahora un proceso complicado. Como si todo el tiempo tuviera que pensar en tomar aire para después exhalarlo. O de otra forma se ahogaría.

—¿Qué pasará si también olvido cómo respirar? —dice Martin.

—Yo te lo recordaré —contesta el gallo.

Los participantes que quedan son guiados hacia el gabinete de los espejos. Ahora sólo quedan tres. El niño les da pena a los guardias. Es posible que alguno no reporte de inmediato cuando Martin cierra los ojos más de lo que en realidad dura un parpadeo. Y alguna vez también hubo un empujón contra su pierna para que se despertara de nuevo. Martin está sufriendo mucho.

En el gabinete ya nadie puede ayudarlo. Aquí está solo con su propio reflejo y todos los demonios que se abren paso a través de él. Que lo quieren ahuyentar de la triste imagen de su alma combatiente.

—Déjenme en paz —dice Martin, pero vuelve a encontrarlos a todos. A los muertos de la guerra con los cadáveres descompuestos y los cráneos pelados. A Thomanns bailando y a sus cabras coronadas. A la bella Gloria con su bebé aplaudiendo. Al muchacho muerto cuyo cadáver los padres no querían soltar. Ve a Uhle El Errabundo, al niño horrible. Y se imagina la fosa en la que yacen los cuerpos intercambiados de los niños de la princesa que se volvieron innecesarios. ¿Son tantos que llenan la montaña sobre la que está construido el castillo?

Ve lobos vagando entre los espejos y escucha cómo les quiebran de un mordisco el cuello a las grullas.

También ve al padre con su camisa blanca. Lo ve haciendo señas desde una noche lejana. Silencioso y solitario al otro lado de la vida. Y ahí está la princesa que le da el hacha al padre. ¿O es Marie? ¿Es Franzi? ¿Son Seidel, Henning? ¿Quién le da al padre el hacha con el fin de que regrese a casa y acabe con la familia porque un demonio nocturno le pisa los talones?

La mano. El hacha. La mirada del padre. Se escucha gritar a Martin y cantar al gallo. Levanta un vaso pesado y destroza el espejo.

«Lo detendré todo», piensa Martin.

«Lo impediré todo», piensa.

«Le pondré fin ahora».

Al siguiente instante entra luz en el gabinete. Una puerta se ha abierto.

—Sígueme —dice alguien—. Has ganado. La princesa quiere verte.

30

Así es, ahora tiene permitido ver a la princesa. Ganó el juego del sueño. Podrá pedir su deseo de rescatar a los niños. Pero aún debe tener un poco de paciencia.

Dormido de pie, Martin espera delante de la gran puerta sin caerse gracias a los guardias que están conmovidos por la lástima que les causa el niño. Lo sostienen por izquierda y derecha y se hacen los fuertes ante las críticas que podrían decir las doncellas o los sirvientes que pasan apresurados. De cualquier modo, nadie los acusa y nadie dice ninguna palabra para que el niño pueda dormir unos pocos minutos. Aunque ni siquiera el estruendo de un cañón podría despertarlo. El gallo se apoya en el pecho del chico, el chico se apoya en el brazo del centinela. Este agotamiento encuentra la paz gracias al logro alcanzado. Según cree Martin.

En un momento de ocio la princesa recibe al muchacho. Las puertas se abren. Martin se despierta cuando lo meten a empujones dentro de la habitación.

Alto resuena el trino de innumerables pájaros cantores que revolotean desordenados e intranquilos por la habitación. Se paran sobre la repisa de la chimenea y los cortineros, y sobre el armazón de la cama de la princesa. Por todas partes hay pegado excremento de pájaro. El piso está cubierto por suaves plumas.

La princesa, en la posición familiar, apoyada en la almohada. Tose más que antes. El bebé en los brazos. Los niños están sentados sobre el edredón. Aturdidos y muy debilitados. Aún les es extraño el papel que les han impuesto. Aunque sufren hace poco tiempo, sufren de una manera muy peculiar.

Allá en la esquina está parado el pintor y trabaja sobre un lienzo. ¿Qué está bosquejando? Prados verdes y un mantel para picnic. Sin embargo, Martin sabe que estos niños nunca más estarán a cielo abierto ni sentirán el pasto debajo de sus pies. Sólo les queda este año. Pero ¿cómo va a saberlo el pintor? ¿Será que sospecha algo? Parece muy serio y su sonrisa, que ahora llega a Martin, parece llena de preocupación.

El corazón le duele tanto a Martin.

—Acércate —dice la princesa—. Deja que te vea.

Él se acerca a la cama. La princesa tiene a varios pájaros cantores sobre la mano y les da de comer semillas. Cuando tose, los pájaros vuelan fugazmente, pero regresan de inmediato.

—Nunca había participado un niño —dice. Respira con dificultad. Sus pulmones hacen un ruido gutural cuando inhala y un silbido cuando exhala. Hace que al propio Martin se le contraiga el pecho.

—Debes ser muy valiente —declara, y ella quisiera que sus palabras sonaran amables, pero pese a todo, Martin preferiría echarse a correr y no escucharla más.

El gallo patea debajo de la camisa de Martin. Este lo saca y lo sienta sobre sus hombros.

—¡El animal maravilloso! —exclama la princesa enseguida— ¡Oh, podrá decir algo maravilloso otra vez! ¡Algo divertido! ¡Osado! —se alegra tanto. Es intolerable ver lo mucho que se alegra mientras que la niña sobre el edredón se cae de pura debilidad. El pequeño niño la endereza de nuevo. Presuroso. Temeroso, antes de que la princesa se dé cuenta.

Y ahí está la mujer pintada aplaudiendo. Martin se frota las manos. Debe decirlo ahora. Tiene permitido manifestar su deseo. Es hora.

—Quiero llevarme a los niños —dice Martin.

Pero la princesa sólo tiene ojos para el animal. Atrae al gallo con semillas.

—Quiero llevarme a los niños, ¿me estás escuchando? —repite Martin.

El pintor baja el pincel. Nunca más abandonará a este niño.

—Picpicpicpicpic —hace la princesa y le cacarea al gallo.

Martin se pone nervioso. ¿Por qué no lo escucha?

¿Por qué no le presta atención en lo absoluto?

—Debes dejar de hacer eso —dice. Un poco más fuerte. Apenas si tiene fuerzas—. ¡No puedes robar más niños!

Entonces la princesa le echa una mirada relampagueante a Martin.

—¿Por qué? —pregunta— Yo hago lo que quiero.

—¡¿Por qué?! —grita Martin— ¿Por qué puedes hacer lo que quieres? Está mal lo que haces.

—Pero a mí me gusta hacerlo —asegura.

Los guardias intercambian miradas. ¿Deberían intervenir? La princesa no parece enojada. Parece satisfecha y complacida. Los niños nuevos le hacen bien. Sólo fueron necesarios unos pocos golpes. También lloraron menos que los otros. Ni siquiera fue necesario enseñarles la vista desde el campanario. Este será un buen año. Un año hermoso con sus niñitos a los que tanto ama. Se siente joven y fuerte. Vivirá por siempre y será bella para siempre. Hace tanto bien sentirse de nuevo a sí misma. Toda la fortuna de la juventud fluye por su cuerpo. Será una buena princesa este año. Sabia e inteligente. Qué lástima que el bufón ya no esté aquí. ¿Dónde conseguirá otro? Por lo menos tiene a un pintor. Se siente contenta con este. Y obviamente se quedará con el gallo. Tal vez pueda cantarle cumplidos. Eso le gustaría. Podría posarse en la torre en las mañanas y alabar la belleza de la princesa para despertarlos a todos. Sí, pero este niño.

¿Qué es lo que quiere este niño? ¿Por qué se altera tanto? Tiene la cara toda roja.

—No escucha —dice el gallo.

—Ay, mira —exclama alegre la princesa—. Lo está haciendo otra vez.

—Dame a los niños —insiste Martin.

—Por supuesto que no —responde ella.

—Tienes que hacerlo —interviene el gallo—. Tienes que dárselos a él. Y no tienes permitido robar nunca más a ninguno más.

La princesa se burla de él.

—¿Y cuál es tu segundo deseo? —pregunta finalmente. Hoy no quiere tomarse todo esto en serio.

—No tengo un segundo deseo —dice Martin.

Lo dice muy quedamente, ya que le duelen los oídos y su corazón da tumbos dentro de su pecho como si estuviera buscando una salida. Él mismo se siente tan ligero y agitado como un pájaro cantor. Apenas al entrar a la habitación, creía ser un caballero, un héroe escuálido, un niño que puede cabalgar y sanar. Ahora todo eso parece perdido. La princesa no lo escucha y no es diferente a hablar con Henning, Sattler o Seidel en el pueblo. Nadie escucha y nadie cumple sus promesas.

Es posible que la princesa concediera su deseo a uno que otro ganador del juego del sueño. Se dice que incluso regaló campos. Para ser exactos, le quitó a alguien más los campos y después los regaló, pues a ella no le importa destruir a los verdaderos dueños y dejarlos sin ingresos ni nada qué comer. Aunque tengan que cuidar a los hijos y a los viejos abuelos que se avientan del techo del henil para no ser una carga. La abuela lo logra al instante, mas no el abuelo. Sólo logra fracturarse el hombro y la pierna, por lo que debe trepar de nuevo por la escalera hacia el henil y aventarse, esta vez con la cabeza por delante. Y por fin también lo logra. Pero ¿qué sabe la princesa de eso? Está sentada tosiendo y jadeando entre sus pájaros, entre sus niños robados.

—Todavía no está hecho —dice el gallo en el corazón herido de Martin—. Inténtalo sólo una vez más.

«Ya no puedo más», piensa Martin. «Dentro de mí ya todo es viejo y muy vivido, desde hace mucho todo ha muerto y se ha agotado. Y ahora estoy aquí y ya no puedo soportar ningún pensamiento, ninguna demora, ningún contratiempo más. No va a darme a los niños».

—No es este momento el que debe importar —dice el gallo.

Desde hace rato el pintor ha bajado y olvidado el pincel y los colores. «¿Cómo podría ayudar?», piensa. «Dios mío, el chico, se está muriendo frente a mí».

Los pájaros cantores vuelan confusamente entre ellos. El trino de los animales se arrastra debajo de la piel y roe los huesos de Martin. Esas plumas. El llamado de las grullas. Los ojos de la princesa, lechosos por la edad, también se supone que son una puerta hacia su alma. No obstante, si se mira dentro, no hay nada, sólo cera pálida y un ser febril entretejido en la tos perpetua.

Y aunque Martin aún no puede saber lo que se sabrá después, puede ver —más allá de su falta de instrucción y la ignorancia de su siglo— la fiebre debilitante de la princesa, y escuchar el ruido metálico dentro de su cuerpo que resuena desde las ramificaciones tapadas e inservibles de sus pulmones. Supone el mal que sale del blanco plomizo sobre su piel. Cómo se filtra lentamente dentro de su cuerpo. Cómo la princesa se lame las huellas secas de sus labios. El abdomen duele. Ella está recostada. Desde hace días la bacinica está vacía. Y después el olor a moho que sale de su cama. ¿Aún podrá olerlo? El polvo entre las plumas de los pájaros. El excremento. Todo eso la enferma. Inflama su cuerpo. Cada aleteo en esta habitación es un paso hacia la muerte. Y Martin había pensado tal vez que había hecho y dado todo, pero aún le queda algo por hacer. Sólo son unos cuantos pasos hasta la cama.

Acaricia suavemente al gallo amado, tan lento como sus pasos hacia la cama.

«Amado amigo», piensa Martin.

Martin llega con la princesa y sienta sobre su pecho enfermo —sobre esta bruja, tirana, asesina— al gallo; y el gallo comienza una danza demente sobre esta mujer. Se sujeta con las garras y bate las alas de tal manera que el polvo y la mugre vuelan. La princesa grita y se traga la mugre. El polvo de su propia ruina. Aún parece que todo se mueve con lentitud. Martin alcanza al niño de ocho años, apenas más grande que un niño de cinco, y lo carga sobre los hombros. El pequeño se ha orinado. Más tarde se ocuparán de eso.

—Sujétate bien —le dice Martin al niño.

También el gallo se sujeta bien y se queda sobre el pecho de la princesa. El pintor deja los pinceles, los colores y el taburete y toma a la niña. Está tan aturdida que apenas puede abrir los ojos.

«Nadie podrá detenerlos mientras la princesa se muere».

Martin, el pintor y los niños se apresuran por los pasillos y salones. Más y más sirvientes salen a su encuentro. El estado de la princesa hace que el castillo tiemble. Todos, todos lo saben de repente, como si los loros o las pinturas de las paredes lo hubieran detallado. Los primeros corren hacia el lecho de la princesa. Quieren ayudar o creen que deben hacerlo. Pero se quedan parados tan pronto como ven el espectáculo fantasmal. El rostro desvaído de la princesa y la manera en que las venas sobresalen de su cuello. La manera en que las garras del gallo desgarran su vestido. Por todos lados llueven plumas de las almohadas. Como la nieve.

«Muérete. Muérete ya de una vez», les pasa por la cabeza a las doncellas. ¿No sería eso genial? ¿Que se muriera y no hubiese ningún sucesor? Entonces tendrían algo qué contar. Que estuvieron presentes durante sus últimas convulsiones. Y nadie lloró.

Y nadie quiso enterrarla. Por eso arrastraron su rígido y pesado cadáver a aquel pozo en cuya miseria innumerables niños han muerto año tras año. Así que ahora le toca a ella. Allá deberá ser perseguida y devorada por los muertos.

Martin y el pintor llegan hasta el patio del castillo al que todos se han apresurado mientras tanto. Como si aquí abajo ya hubieran escuchado que todo está llegando a su fin. Tal vez los habitantes del castillo creen haber sentido un temblor en la montaña, un estruendo que traerá el colapso. Mas no les resultará tan fácil terminar. No serán arrastrados ni morirán. Deben vivir con lo que fue y deberán vivir con lo que viene aún. Y Martin deberá soportar que no habrá despedida, pues él y los otros —el caballero, su mujer, quizá incluso Marie— saben cuánto han sufrido los niños rescatados. Tiene que reprimir el deseo de abrazar a la mujer del caballero una vez más, aunque no sea soportable.

Los demás no hacen nada. No se mueven. La infamia. La vergüenza. De ahora en adelante deberán lidiar con ellas, y ni siquiera engañarse a sí mismos ayudará mucho.

El gallo sale aleteando por la ventana de la torre y busca refugio de aquel infame esfuerzo debajo de la camisa de Martin. Martin le brinda seguridad.

¿Acaso será que el corcel del caballero está delante del portón del castillo? En cualquier caso, hay una manta encima de este. También hay un saco de comida. Martin levanta al niño sobre el animal. El pintor sienta también allí a la niña. Guían al caballo afuera del castillo. Afuera del patio. Cuesta abajo. Y hacia el valle.

31

Cierto que ya pasó lo peor, pero la recuperación se prolonga y se temen recaídas. Martin sueña y se despierta asustado en las noches y necesita mucho tiempo antes de que lo tranquilicen las sombras oscuras de los bosques que recorren durante el viaje de regreso. El paisaje cárstico de la montaña se convierte pronto en un suelo lodoso de praderas embebidas de agua.

Al principio no saben de dónde vienen los niños. Las descripciones de sus hogares suenan como la descripción de cualquier hogar de un niño. Saben todo sobre vacas y cabras, sobre la honda del niño vecino y sobre las malas costumbres del pastor; pero nada sobre el pueblo más cercano y la vista detrás de la cresta de la colina.

El pintor elabora un mapa impreciso en el que anota las regiones que han recorrido desde que dejaron el castillo. Así marcan con una cruz los lugares que ya han visitado y por fin ven un paisaje que le es familiar a uno de los pequeños.

Es al niño a quien primero regresan a casa. Al que llevan hasta la puerta baja de los padres. La madre abraza al niño. Muy fuerte. ¿No lo estará aplastando? La gratitud en sus ojos llega hasta Martin, pues de todas maneras no podría agradecerle de otro modo. A pesar de que él salvó a los niños del demonio, de que Martin estuvo cerca de la bestia y luchó contra ella, nadie podrá presentarse frente a él sin sentir un escalofrío. Así que rápidamente se pone en marcha de nuevo para encontrar el hogar de la niña, en cuyo rostro aún sigue viendo a la hija de Godel. En sus sueños le pide disculpas porque no pudo salvarla. Pero lo consuela que sí logró salvar a los demás niños que son y que serán como ella fue.

—Estoy tan cansado —Martin repite a veces. Y ya no es importante si se lo dice al gallo o al pintor. Entonces el hombre intenta dirigir al caballo y lo lleva por el suelo arenoso del bosque y por pequeños arroyos.

—Hay tanto de lo que me acuerdo —dice Martin.

—Aún eres un niño —contesta el pintor.

—Ya no puedo soportar más.

—Todo será diferente ahora —lo anima el gallo.

—¿Será?

—Puedes descansar. Puedes tener esperanza. Puedes desear.

—¿Y eso qué significa?

El gallo no responde, y el pintor no sabe. El chico se queda callado durante mucho tiempo. Y es verdad. Alguna vez tuvo un deseo. Siempre estuvo ahí de una manera tan natural que el deseo creció todo el tiempo dentro de él como una débil luz perpetua. Sin embargo, después se ahogó poco a poco con todo lo que debía hacer, porque Martin debía cumplir con su cometido. Y ahora hay de nuevo espacio para este deseo que permanece oculto dentro de él. Martin siente la suave atracción y libera el deseo pedazo a pedazo. Con frecuencia se sienta junto al fuego con los demás, mira dentro de sí con ojos grandes y no es capaz de hablar mientras las chispas de madera se dispersan en el cielo.

Entonces encuentran el hogar de la niña y la zona también le parece conocida a Martin. La madre apenas puede creerlo, su niña ha regresado. Cae llorando al piso. Pasa mucho tiempo antes de que siquiera pueda abrazar a la niña. Quien no llore al verlas es porque ya está muerto. Como agradecimiento les restituyen las provisiones. Martin y el pintor continúan su viaje. Ahora tienen suficiente espacio en el caballo juntos. Tal vez lo vendan y compren colores para el pintor. O una casa.

Cuando hace más calor, descansan junto a un río. Martin se baña mientras el pintor se sienta a la orilla y no piensa para nada en lavarse. En cambio, se imagina cómo pintaría lo que ve. Las piedras claras y el agua centelleante. Atrás, el linde del bosque. Un cielo azul arriba y las blancas nubes finamente veteadas, como plumas. Y de pronto, Martin pega un grito y saca la cabeza del agua.

—¡Franzi! —grita.

¡Quiere volver a verla! ¡Tiene que irse con ellos! Deben ir de nuevo al pueblo. Deben regresar al inicio.

—¿Lo has pensado bien? —pregunta el pintor.

—No. En lo absoluto —dice Martin.

El chico resplandece. Puede iluminar las horas más oscuras con su sonrisa. Tan puro es su ser, tan luminosa la esperanza de felicidad.

La imagen de Franzi frente a sus ojos hace que en un instante todo sea sencillo para el muchacho. Con el cuerpo mojado se pone la camisa y el pantalón, y anima al pintor para que se marchen.

A éste no le parece necesaria la prisa. Quisiera aconsejarle al niño que mejor no lo intente y que nunca más pise ese pueblo. ¿No había sido ese el plan original? Pues los hombres son terribles. Y a Franzi, ese espíritu vivo, nacido en una época equivocada, es posible que entre tanto le hayan enseñado cómo debe ser: bella, pero no floreciente. Fuerte, pero más como un animal de carga. Astuta para quitarle el último tálero al prójimo y sacar provecho, pero no inteligente.

El pintor lo piensa bien, «Franzi y el niño. Dios mío, podrían cambiar el mundo». Eso le caería bien al mundo algún día. Si tan sólo la miserable gente de mierda se precipitara al cielo. Entonces, al pintor se le ocurre una idea para una pintura. Guarda silencio y la ve delante de sí. Una pintura que no muestra la caída del ángel y tampoco la ascensión de Jesús, sino la caída de los hombres hacia las nubes. Como si fueran arrancados de la tierra con ojos llenos de terror y con los miembros retorcidos con violencia, para que esta quede libre para los buenos. Qué bello sería si algún día los ríos no estuvieran llenos de sangre y los peces no flotaran en ellos con las panzas hacia arriba. Si los campos pudieran florecer sin tener que ser lugares secretos para la profanación. Sin que las nuevas plantas tuvieran que brotar por entre ropas desgarradas y hechas pedazos, arrancadas de los cuerpos, para abrirse paso hacia la luz. Habría mucha paz, y puede ser que también fuera un poco aburrido. Quizá incluso tan aburrido que, a la larga, al pintor se le acabarían las ideas para sus pinturas. Y entonces se pregunta si podría vivir si acaso ya no existiera la crueldad que se puede dibujar con colores sobre un lienzo. Entonces pintaría por siempre al niño. Sólo a él y sólo necesitaría el color dorado.

Martin ya había pasado alguna vez por esta zona, cuando hace mucho tiempo se fue. Cada piedra le parece familiar. Su interior se contrae. Sin saber cómo se llama esa sensación, le pregunta al pintor.

—Anhelo —asegura éste—. Se llama anhelo.

Martin lo comprende, pues le alegra tanto ver a Franzi y la idea de llevársela, que no se imagina en lo absoluto que ella no quisiera irse o que ya no estuviera allí.

—Sabes que también podría estar muerta —advierte el pintor.

—Eso no va con ella —responde Martin.

—Es posible que se haya casado. Tal vez tenga hijos.

—Me gustan los niños —dice Martin.

—Seguro que nada será tan fácil.

—Será muy fácil —contesta Martin.

—¡Dios santo! —se le escapa al pintor. Tiene miedo de que Martin se desilusione, cuando ya ha hecho tanto, cuando ya no debería volver a torturarse—. Déjalo ya —pide el pintor, y cabalgan durante días y duermen bajo el cielo desnudo.

Un día cabalgando por un campo de cenizas, demasiado tarde se dan cuenta de que son las cenizas de innumerables muertos las que se levantan como polvo fino debajo de los cascos del caballo. Y sin importar qué tan lento hagan caminar al animal, las cenizas se arremolinan y se posan como un velo gris sobre su piel y su cabello, y nubes grises de polvo avanzan detrás de ellos de tal manera que se les podría ver desde el otro lado del mundo. La ceniza les tapa las fosas nasales y les seca las gargantas. Más adelante encuentran un arroyo y se lavan los muertos de la piel sin hablar sobre los huesos y los cráneos que se encuentran dispersados en medio del desierto de cenizas.

Poco a poco se acostumbran al caballo. Dejan que paste y se alegran de que los lleve un tramo más. A Franzi le gustaría cabalgar, piensa Martin.

No se encuentran con nadie durante estos días. No falta mucho, el muchacho lo sabe. No puede estar muy lejos. Recorren el siguiente tramo de bosque, la elevación sobre la que cabalgan, el camino hacia arriba. Martin lo reconoce. Aquí vio y persiguió al caballero. Por aquí subió el caballo negro mientras Martin intentaba alcanzarlo. En aquel entonces, la hija de Godel estaba oculta bajo la capa. La fuerza del recuerdo hace que el chico palidezca.

Y por fin llegan al pueblo. Aunque no hay gritos de júbilo, la agitación de ambos es bastante grande. El chico ve de inmediato que el humo sale rizado de las chimeneas. Ve que al parecer todos siguen ahí. El pintor rechina los dientes, pues desearía haber podido detener a Martin, pero guía infatigable al caballo por la calle hasta que llegan a la plaza. El pozo, el portón de la iglesia, los frutos del escaramujo y allá, a la sombra de un árbol, el trío eterno, Henning, Seidel y Sattler, que sentados en una silla y dos piedras juegan cartas sobre una mesita.

Anuncian sus jugadas, muestran sus manos. Levantan y bajan las cartas, y recogen las pequeñas imágenes de la mesa. Vuelven a repartir con la mirada furiosa la baraja, que luego presionan en el pecho. Se muerden los labios, Seidel se limpia sangre de la nariz costrosa. Al acercarse se puede ver que tienen heridas. Mejillas bordeadas de azul, derrames, un ojo hinchado, labios reventados, mangas de camisa arrancadas, ¿qué está pasando aquí?

Martin deja al caballo al lado del pozo. Su mirada se dirige ansiosa hacia la taberna. ¿Seguirá

Franzi todavía dentro? Un gato se pasea por ahí. Sombras detrás de una ventana.

Los tres juegan y juegan hasta que el pintor y Martin se les acercan. El pintor pregunta:

—¿Y qué están apostando?

Un puerco o una gallina, el honor —si se tiene o se cree que se tiene—, una jarra de aguardiente, ¿qué están apostando? Al principio los tres no contestan, aún siguen ocupados entre el asombro y la inmovilidad. Otra vez este maldito niño. No, ya no es un niño. Es alto y tiene el rostro afilado. Los ojos bondadosos. Maldición, por qué sigue viviendo este muchacho.

—¡Tú! —se le escapa a Henning. Y por supuesto se refiere a los dos. Al pintor que les estropeó el retablo y al chico que les echa a perder la satisfacción que sienten por sí mismos. Martin saluda. Seidel pestañea, Sattler tose un poco y al hacerlo se sostiene una costilla rota.

—¿Y por qué va a ser? —pregunta Henning ahora—. ¿Qué hay aquí arriba que uno pudiera apostar?

—Franzi —contesta Martin.

—Maldito niño —replica Seidel.

—Vine por ella —dice Martin.

—¿De qué está hablando ése? —pregunta Sattler.

—Franzi —repite Martin.

—Claro —dice Henning—. Se trata de Franzi.

—Qué pedazo de mujer.

—¿Están apostando a Franzi? —interrumpe el pintor.

—Sí, por supuesto.

—Pero yo vine por Franzi —dice Martin tranquilo.

—No te la llevarás.

—Yo quiero llevármela.

—Primero tendrás que preguntarle —condiciona Seidel.

—¿Justo como ustedes le preguntaron a ella si pueden apostarla?

Se quedan callados un poco y arquean las cartas que apenas juntaron.

—Si aquí se jugara bien, Franzi habría sido mía desde hace mucho —gruñe finalmente Henning—. Pero estos papanatas hacen tanta trampa como si les salieran ases de las orejas.

—¿Quién hace trampa? —pregunta Seidel.

—¿Y quién es un papanatas? —inquiere Sattler.

Y así de rápido se agarran de los pelos.

Uno podría preguntarse cuánto tiempo llevan así. ¿Desde hace años, o al menos hace semanas desde que apuestan a Franzi? De cualquier manera, cada partida termina en pelea, por eso nunca llegan a un resultado y los tres quedan perdedores, por lo menos eso parece a la vista de Martin y el pintor.

Un puñetazo en la nariz, un crujido terrible, Sattler lanza un alarido, la sangre salpica su camisa y la mano.

—Está muy bien eso que están haciendo —dice el pintor—. ¿Y en dónde está ahora Franzi?

—En la iglesia —jadea Seidel y suda con las manos de Sattler encima.

Martin se da la vuelta al instante y se dirige hacia la iglesia. Entonces Henning se levanta de inmediato de un brinco. Seidel suelta de súbito a Sattler, pues por supuesto que también tiene que ir. Ya en el portón de la iglesia, se apretujan detrás de Martin e intentan entrar al mismo tiempo por la puerta: modesta y agradable a Dios.

El interior es oscuro y huele a moho. También está descuidado. Hay hojas que entraron volando y que nunca nadie barrió. El polvo primaveral de los abedules aún está pegado a las bancas y los respaldos.

Hay un frescor inconcebible que habita en los muros y que despierta en Martin los recuerdos de su existencia, como si tuvieran que reportarse. Y a estos también pertenecen aquellos recuerdos que deberían estar cerrados para él porque era demasiado pequeño aún.

Rememora cómo fue bautizado en esta iglesia. Rápida y modestamente, bien que lo cargaron personas sonrientes. Recuerda las manos duras y agotadas de la madre y, sin embargo, cálidas; también el largo cabello sobre su rostro, cuando en las noches ella intentaba peinarse y amamantar al niño pequeño al mismo tiempo. Aquí había felicidad. El canto desafinado del padre para tranquilizar el llanto de Matin. Lloraba tanto como si pudiera ver el destino y sentirse inconsolable al respecto. Como si se quejara por el niño que tendría que ser algún día: un chico de pies llenos de ampollas, de cuerpo lleno de heridas, mientras que la pequeña criatura aún está intacta y es tierna. Una criatura bastante nueva y pura en medio de todo el desorden de la pequeña choza, donde se maldice y se ríe, donde un día la sopa humea y al siguiente se pasa hambre otra vez. Donde Martin recibe besos de sus hermanos. Y su llanto sólo se acaba cuando la madre, escoba en mano, aleja de las gallinas a un atrevido zorro, y acuesta al bebé en el suelo arenoso entre todas las semillas, en donde el gallo lo encuentra.

El animal se pavonea alrededor del niño, se observan entre sí. A partir de ese momento los gritos se terminan, y Martin ya nunca se quejará ni llorará. Sus ojos son ahora muy curiosos, grandes y bellos. Ahora todo puede descansar dentro de él. Los ojos se dirigen siempre hacia el animal negro. Y también el animal, a su vez, sólo mira al niño y no da tregua cuando no está a su lado. Desde entonces son inseparables y están tranquilos el uno con el otro. Y el padre sólo se encoge de hombros. «Qué más da —piensa—, que sea un gallo y que la gente hable. El niño está contento. De eso se trata».

Martin coloca el brazo alrededor del gallo. Del fiel amigo. Los recuerdos palidecen de nuevo, pues adelante en el interior de la iglesia está sentada una figura que observa el retablo que los habitantes del pueblo odian. Por el contrario, Franzi lo ama. La imagen en la que la suave expresión de Martin adorna el rostro del crucificado. Y es ella la que está sentada allá delante.

Al escuchar los empujones en las puertas, Franzi se da la vuelta, sin miedo a los hombres que juegan por ella, como si ella no tuviera inteligencia o derecho a rebelarse en contra de eso. Distingue al chico y una luz recorre su rostro. El amor puro.

Le hubiera gustado correr hacia él, pero sabe que tendrán tiempo de abrazarse el uno al otro. Tendrán el resto de la vida para hacerlo. Comprende muy bien la situación. Siempre es lo mismo: el vaivén para entrar a la iglesia, la pelea eterna porque los tres chiflados no caben juntos por la puerta modesta y agradable a Dios.

Los tres están realmente desesperados. ¿Será posible que Martin, después de haber viajado tanto, sepa qué hacer? Para ser sinceros, les gustaría que les regresaran las puertas de su iglesia. Con lo cual surge de nuevo la pregunta por la llave. Es decir, aquel enigma sobre la puerta violentada, que fue profanada desde hace mucho por la construcción de una segunda.

—¿Y dónde está Hansen? —pregunta Martin. Lo pregunta muy tranquilo.

Se intercambian miradas y tienen que esforzarse para recordarlo.

—El loco Hansen. —Martin les da una ayudadita—. Hansen-el-que-tocaba-el-órgano.

—Pues está muerto. —Es la respuesta.

—Qué lamentable —señala Martin—. ¿Y cómo lo enterraron?

—Pues acostado. —Es la respuesta.

—No —replica Martin—. ¿Con qué ropa? ¿Llevaba puesta una mortaja? ¿O su ropa normal?

La eterna chaqueta sin cuello de Hansen. Roja con cintas desteñidas. Los hombres intercambian miradas.

—Él no tenía una mortaja. ¿Y cómo podría? Nunca consiguió una mujer que le cosiera y bordara, por las cabras que se le fueron al monte.

—Qué milagro que ustedes hayan conseguido una —dice Franzi. Martin la ama tanto.

Es bastante terrible que el pueblo se haya ido al caño. Sin ningún pastor y ningún sepulturero, todas las decisiones importantes caen en manos de Henning, Seidel y Sattler, lo que tarde o temprano destruirá al pueblo, eso es completamente seguro. Debido a su vanidad los tres son extremadamente limitados, esto es, por su gran vileza y autoritarismo en su juicio mezquino. De manera que también los entierros se celebran sólo con lo que se acuerdan y a menudo dejan pasar diligencias importantes. De pura suerte los cadáveres apenas si quedan dentro de los ataúdes. En cualquier caso, enterraron a Hansen con su chaqueta. Ajá.

—Bien —indica Martin—. Entonces tienen que desenterrarlo y buscar las llaves en su chaqueta.

Los otros miran estúpidamente. Y Martin se alegra de esto.

—¿Qué, ya no se acuerdan? —pregunta y recuerda el día de la tormenta cuando llegó el pintor, la llave estaba desaparecida y Martin emprendió el camino en busca del pastor—. La puerta estaba cerrada, pero dentro estaba Hansen—. Él debió haber cerrado la puerta desde dentro. Si no, ¿de qué otra manera pudo haber sido?

El pintor se ríe. «Este muchacho». Quisiera morirse de risa.

—Eso te lo estás inventando —dice Henning. Sin embargo, recuerda muy bien, aunque preferiría no hacerlo, que Hansen se le acercó tambaleándose. Y al mismo Henning le salta a la vista que Hansen había estado antes dentro y cómo después debió haber atrancado la puerta sin llave. ¿Por qué no se les ocurrió eso? Bien sabe que Martin es listo. Pero ¿es que ellos mismos son realmente tan tontos?

La comprensión se les filtra por los pies con los que intranquilos raspan el piso.

—Podrían comprobarlo —insiste Martin—. Si no quieren discutir sobre quién puede entrar primero a la iglesia, entonces necesitan una puerta más grande. Y tienen una puerta más grande. Y la llave para esta la tiene Hansen en el jubón.

—¿Y por qué no dijiste eso antes? —pregunta Seidel.

—Sólo soy un niño —responde Martin—. ¿Yo qué sé?

—¿Y cómo le hacemos para conseguir la llave?

—Tienen que desenterrar a Hansen —especifica Martin. Franzi pone ojos de plato.

Los tres hombres se quedan tiesos, como suele suceder cuando algo que está normalmente en movimiento constante se detiene. En ese instante, algo diferente brota de la quietud y todo es muy claro.

Con cuánta apatía el trino de los pájaros anuncia la noche. Cómo braman las vacas en el prado porque Dref es un mal ordeñador que siempre deja a la mitad de las vacas sin ordeñar y los animales casi se vuelven locos por el dolor de las ubres repletas. Y en medio de todo, el susurro de los árboles. Los ratones se deslizan rápidamente por entre las ramas de los arbustos. Y cómo huele. Tan maravillosamente a tierra húmeda. A la piel de Franzi.

Aunque Martin nunca ha estado tan cerca como para saberlo. Pero este aroma, tan diferente a todos los demás. Ese tiene que ser su aroma.

Martin toma la mano de Franzi. Los dedos de ella se ciñen cariñosamente de inmediato a los de él, como si nunca antes hubieran hecho otra cosa. «Ha llegado el momento», piensa él y lo sabe, también el gallo lo piensa, y entonces se van.

Martin no necesita animarla o jalarla de la mano. Apenas lo pensó cuando ella ya se dio la vuelta junto con él y también camina. Sin titubear. También el pintor se da la vuelta. Y entonces se van.

Y no sabrán si los tres desenterraron al pobre Hansen y si encontraron la llave. O si todavía siguen discutiendo si lo hacen o si quizá juegan cartas para decidir quién desentierra a Hansen. Y si se pudiera ver el futuro, uno podría imaginárselos a los tres como ancianos secos hasta los huesos que, curtidos por la vileza, aún pronuncian discursos y juegan cartas hasta que ya no saben qué apuestan. Y algún día alzarán la mirada y recordarán al hombre que se echó a cuestas la responsabilidad por todos en el pueblo para preguntarle a la princesa sobre los impuestos durante los años de hambre; y que intentaría interceder por los habitantes del pueblo; y que perdería y que al hacerlo se volvería loco; y que mataría a hachazos a su mujer y a sus hijos, menos al más pequeño. Y ellos, los tres, ni siquiera se hicieron cargo de ese niño. Mas los pensamientos sólo llegan brevemente y les calientan las orejas, después los olvidan de nuevo con rapidez.

Y a veces pensarán en el niño listo. Y luego, en algún momento, ya no pensarán más. Y cuando la baraja esté amarillenta, jugarán con pedazos de corteza. Y al caer muerto de la silla el primero, los otros apenas se darán cuenta; en algún momento todos yacerán muertos, mientras que los pueblerinos ya se habrán ido todos o la peste los habrá alcanzado, quién sabe.

En cambio, Martin va hacia el paisaje. Y cada pradera es su futuro. Cada campo floreciente, un saludo a su camino. Va hacia el azul de las colinas que se posan en el alma artística del pintor, de tal manera que este podrá pintar sus oscilaciones y crestas aún en su lecho de muerte. Sobre ellos, el claro llamado de los halcones. El cálido sol que calentará el plumaje del gallo. Y en Martin vibra toda la redención como una canción. Han sufrido suficiente. Han bebido del sufrimiento y comido del hambre. Han hecho del frío su lecho y se han tapado los unos a los otros con lágrimas y los gritos han sido sus canciones nocturnas.

Ahora sueñan como si fuera una vida. Los pastos son agua verde hasta el horizonte sobre el que el sol vespertino enciende un cinto brillante. Ahora Martin y Franzi pueden soñar con una vida juntos en la que se amen y cuiden el uno al otro. También al pintor. Al gallo. A veces se despertarán y encontrarán sus rostros desfigurados por el dolor. Entonces el otro los sostendrá, los acariciará y los abrazará entre susurros y se hundirán de nuevo en los pasos tranquilos. Sus pasos, que desde hace mucho no necesitan el suelo para avanzar. Su camino, en el que ahora se saben el uno con el otro.

Y nadie suelta al otro.

«Sería hermoso que no se perdiera la habilidad
de ponerse en el lugar del otro».

Entrevista a Stefanie vor Schulte

Un niño que se opone a tiranos, a la pobreza, a la injusticia y al mal del mundo, con la continua compañía de un gallo negro. ¿Cómo se le ocurrió el material para su novela?

Al principio sólo tenía la imagen de un niño que no tenía nada más que a este animal hirsuto y un poco tierno. ¿En qué mundo podrían estos dos demostrar que es posible levantarse en contra del mal constante? Cuanto más clara me parecía la figura del niño, más oscuro debía ser su entorno. La debilidad ocasionada por las supersticiones y la falta de reflexión de una época pasada proporcionó de inmediato un trasfondo adecuado.

¿Hay algún modelo literario o género que la haya inspirado? ¿Y cómo clasificaría su novela?

La carretera, de Cormac McCarthy, y la película *Biutiful*, de Iñárritu. Ambas historias son muy tristes, en ninguna de las dos hay esperanza para los protagonistas. Y son precisamente estas figuras para las que la dignidad y compasión son una necesidad interna.

Pese a las terribles circunstancias y la atmósfera inquietante que describe, usted crea una y otra vez rayos de esperanza que hacen que los lectores puedan creer en la bondad del ser humano. ¿Existe? ¿O sólo el joven Martin es capaz de luchar valientemente por lo correcto porque no es un adulto y, por lo tanto, aún tiene ideales honorables afortunadamente?

Los ideales de Martin van más allá su edad. A él nadie le transmitió valores. Nadie le enseñó sobre la lealtad, el valor o la compasión. No es mejor porque sea niño, sino a pesar de serlo. La voluntad de hacer el bien es lo que lo hace diferente de los demás personajes. Y esta disposición requiere de inteligencia. Todos los personajes tienen la posibilidad de hacer el bien. Sin embargo, la mayoría de los personajes del libro no tienen la inteligencia necesaria para ello. Y otros son simplemente demasiado flojos.

Con esto, ¿tiene usted alguna especie de mensaje para los lectores, o pudo transmitir algo que le es especialmente importante por medio del argumento de la novela?

Muchas veces tengo la impresión de que ya no hay diferencia entre lo legal y lo legítimo. Que el ser humano lleva todo hasta el límite. Sería hermoso que no se perdiera la habilidad de ponerse en el lugar del otro.

¿Deberíamos entender a la princesa —quien intenta detener el tiempo a toda costa— también como una crítica al culto a la juventud?

> Martin y la princesa son diametralmente opuestos. Él no tiene nada; ella lo tiene todo. Él va por su camino con dignidad, valor y sin esperar una remuneración, mientras que la princesa no ha aprendido nada a pesar de sus años. No se trata de una sobrevaloración de la juventud, sino de la vanidad de no cuestionar nunca la imagen que alguna vez concebimos de nosotros mismos.

Quizá cada quien interprete y entienda de manera distinta la figura del gallo negro, quien apoya a Martin como amigo leal y protector. ¿Contamos todos nosotros, acompañándonos, en nosotros mismos, con este gallo negro?

> Es posible que para la mayoría el gallo resulte incómodo, pues si bien ayuda y encamina a Martin, también lo guía de manera consecuente hacia la oscuridad, hacia su destino. ¿Y quién soportaría su destino? ¿Quién aguantaría a un amigo así?